听见颜色的女孩

TINGJIAN YANSE DE NÜHAI

[美] 莎朗·德蕾珀 著
卢 宁 译

接力出版社
Publishing House

桂图登字: 20-2011-288

图书在版编目（CIP）数据

听见颜色的女孩/（美）德蕾珀著；卢宁译. 一南宁：接力出版社，2012.8（2024.8重印）

书名原文：Out of My Mind

ISBN 978-7-5448-2617-4

Ⅰ. ①听…　Ⅱ.①德… ②卢…　Ⅲ. ①儿童文学-长篇小说-美国-现代　Ⅳ. ①I712.84

中国版本图书馆 CIP数据核字（2012）第177655号

责任编辑：李茗抒　　美术编辑：王　雪

版权联络：金贤玲　　责任校对：翟　琳　　责任监印：刘宝琪

社长：黄　俭　　总编辑：白　冰

出版发行：接力出版社　　社址：广西南宁市园湖南路9号　　邮编：530022

电话：010-65546561（发行部）　　传真：010-65545210（发行部）

网址：http: //www.jielibj.com　　电子邮箱：jieli@jielibook.com

经销：新华书店　　印制：唐山嘉德印刷有限公司

开本：880毫米×1250毫米　1/32　　印张：9　　字数：170千字

版次：2012年8月第1版　　印次：2024年8月第31次印刷

印数：325 001—330 000册　　定价：35.00元

献给我深爱的女儿
温蒂·米歇尔·德蕾珀

目　录

第一章

词语。

成百上千的词语包围着我，也许成千上万。

教堂，蛋黄酱，石榴，

密西西比，那不勒斯人，河马，

丝滑，可怕，变幻斑斓，

呵痒痒，打喷嚏，愿望，担忧，

……

词语总围着我打转，像雪花——每一片都精致娇嫩、与众不同，我的手还没有碰，就开始融化了。

在我内心深处，词语积成巨大的一堆又一堆，积成高山。满脑子全是词语、句子、互相关联的想法、诙谐的措辞、笑话、情歌。

从我很小的时候起——大概几个月大吧——我就觉得词语像甜丝丝的流动的礼物，我把它们当成柠檬水喝下去，简直能尝出滋味。词语让我乱糟糟的念头和感觉有了实质。爸妈总是用谈话把我包裹起来，像毯子一样。有时他们窃窃私语、喋喋不休；有时他们说得大声又清楚。爸爸对我唱歌。妈妈把坚强的气息吐露到我耳中。

爸妈对我说的每个字，关于我的每个词，我都吸收到身体里，牢牢记住，一个不落。

我不知道用词语表达想法的复杂过程我是怎么弄清的，反正自然而然就知道了，而且很快。到两岁的时候，我所有的记忆都有词语，所有的词语都有意义。

但这一切都只在我的脑海里。

我从来没有开口说过一个字，而我快十一岁了。

第二章

我说不了话，走不了路，没法自己吃饭，也没法自己去卫生间。太悲剧了！

我的胳膊和双手都不太灵活，不过我可以按电视遥控器上的按钮，也可以移动轮椅，因为我能抓住轮子上的把手。我拿不住勺子和铅笔，会掉下来。我的平衡感基本为零——在控制自己的身体方面，我还不如童谣里的“蛋头先生”[1] 呢。

别人看着我的时候，我猜他们看到的是个坐在粉红色轮椅里的小姑娘，顶着一头短短的黑色鬈发。顺便说一声，粉红色的轮椅没什么好萌的，尽管是粉红色，它还是轮椅。

他们看到的小姑娘有着一双充满好奇的深褐色眼睛，可其中一只却有些不正常。

[1] 英国一首儿歌中的人物，是个又矮又胖的鸡蛋人，从墙头跌下来就摔得粉碎，再也拼不回去了。《爱丽丝镜中奇遇记》中也有这首儿歌。——译者注（本书脚注若无特别说明，皆为译者注）

小姑娘的头有点摇摇晃晃。

有时候她还流口水。

她个子实在太小了，不像个过了十岁九个月的孩子。

她的腿非常细，可能是因为从来没有走过路。

她的身体常常不受控制地自行其是，有时是脚出乎意料地一踢或胳膊突然一摆，打翻身边的东西——一摞 CD，一碗汤，或者插满玫瑰的花瓶。

她真的谈不上有什么自制力啊。

等人们数完我身上的问题，腾出时间来，他们可能才会注意到我有美好的微笑，还有一对深深的酒窝——我觉得有酒窝很酷。

我戴着一对小巧的金耳环。

有时候那些人根本不问我的名字，好像我的名字无关紧要似的。可这很重要。我的名字叫美乐笛。

我能记得很小很小时候的事情。当然，我很难区分真实的记忆和老爸用摄像机给我拍的录像，那些录像我都看过一万遍了。

老妈把我从医院带回家——她脸上流露出微笑，可眯起的眼睛里却藏着一丝忧虑。

美乐笛躺在小小的宝宝浴盆里。我的小胳膊小腿儿看上去皮包骨头，也没有挥舞着胳膊腿溅起水花。

客厅里，美乐笛靠在沙发上，毯子支撑着小身体——

我脸上现出心满意足的表情。我当小婴儿的时候从不怎么爱哭，老妈说她可以担保这是真的。

给我洗完澡后，妈妈用润肤露给我按摩——我现在还能闻到那股薰衣草香气——然后用一条软乎乎的大毛巾把我包起来，那毛巾一角做成一个小斗篷的形状。

老爸拍了好多录像：妈妈给我喂奶、换尿布，甚至还有我睡觉的录像。我长大点儿后，我猜他盼着我学会翻身、坐起来，还有走路，可我一直没能做到。

但我的确吸收一切。我逐渐能分辨不同的声音、气味和味道。每天早上，暖气炉苏醒过来，发出低沉的砰砰声和嗖嗖声。整栋房子暖和起来，我闻到尘埃被烤热的辛辣气味。嗓子眼深处藏着一个喷嚏的那种感觉。

还有音乐。歌声飘浮着，穿透我的身体，停留在那里。摇篮曲混合着临睡前的温柔气息，与我同眠。和弦让我微笑。就好像我的人生里，总有一曲彩色的音乐在背景中奏响；当音乐响起时，我几乎能听到色彩，闻到形象。

老妈喜欢古典乐。大声轰鸣的贝多芬交响乐从她的 CD 机里传出来，从早响到晚。我静静倾听，总觉得那些乐章像是明亮的蓝色，闻起来有一股新鲜颜料的气息。

老爸偏爱爵士乐，只要一有机会，他就对我眨眨眼，把妈妈的莫扎特 CD 拿出来，扔进一张迈尔斯 · 戴维斯或伍迪·赫曼[1]的CD。爵士乐在我听来是被太阳晒成的棕褐色，散发出潮湿的泥土味儿。爵士乐会让老妈发狂，很可能就是因为这个原因老爸才老爱放它。

“爵士让我浑身发痒。”她皱着眉头说。老爸放的音乐闹哄哄地传进厨房。

老爸走到她身边，轻轻地抓抓她的手臂和后背，然后给她一个大大的拥抱。她的眉头展开了。但只要爸爸一走出房间，她就立刻换回古典音乐。

不知为什么，我一直喜欢乡村音乐——响亮，漫不经心的吉他伴奏，心碎的音乐。乡村音乐是柠檬，但不酸，而是糖一样甜蜜，气味浓烈。蛋糕上的柠檬糖霜，凉丝丝的新鲜柠檬水！柠檬，柠檬，柠檬！真喜欢。

我记得，我非常小的时候，坐在厨房里，妈妈喂我吃早餐，收音机里放着一首歌，让我发出喜悦的尖叫。

所以我放声歌唱
埃尔薇拉，埃尔薇拉
我的心热情如火，埃尔薇拉
头晕目眩啊！噢吒，颇帕，噢吒，颇帕，哞，哞

[1] 二人均为爵士乐手。迈尔斯·戴维斯是美国著名爵士乐手、小号手，当代爵士乐最重要的人物。伍迪·赫曼是美国大乐队时代排名第三十一位的艺人，是一位爵士跳舞乐队的指挥。

头晕目眩啊！噢吼，颇帕，噢吼，颇帕，哞，哞
嗨嗬！声音清脆，越飘越远

为什么我已经熟悉那首歌的歌词和节奏了呢？我不知道。肯定是不知怎么渗透到我的记忆里了，也许是广播或者电视节目里听过。反正，我差点要从椅子上摔出去了。我的小脸皱成一团，扭曲着，抽搐着，拼了命地想要指指收音机。我想再听一遍那首歌，可妈妈只是看着我，好像我发疯了。

怎么能让她明白，我喜欢橡树岭男孩[1]的这首《埃尔薇拉》？我自己都还不太明白呢。我没法解释，为什么这首歌响起时，我会在脑海里闻到新切开的柠檬片气味，看到柑橘色的音符。

如果我有支画笔……哇！那该是一幅多美妙的画呀！

可妈妈只摇了摇头，继续用勺往我嘴里喂苹果泥。有那么多的事情妈妈不知道。

什么事情都忘不掉，我猜这是件好事，让我能把人生的每个瞬间都塞到脑袋里。但这也令人沮丧之至。我什么也不能与人分享，那些记忆也不会自行消失。

我记得一些讨厌的事，比如一团燕麦粘在上腭的感觉，还有牙齿上的牙膏没漱干净的味道。

[1] 美国老牌乡村音乐组合，他们凭借歌曲《埃尔薇拉》获得了一九八二年格莱美“最佳乡村音乐组合”奖项。

清晨咖啡的气味是我永恒的记忆，混合着熏肉的香味，背景是早间新闻里那些人喋喋不休的声音。

不过，我记住得最多的还是词语。我很早就明白，世界上有成千上万的词语，我身边的每个人都能轻而易举地说出一些来。

电视上做广告的人：买一赠二！售完即止。

来家门口送邮件的人：早上好，布鲁克斯太太。宝宝好吗？

教堂的唱诗班：哈利路亚，哈利路亚，阿门！

杂货店的收银员：谢谢您的惠顾。

每个人都用词语来表达他们的意思，除了我。我敢说，大部分人没有意识到词语的真正力量，而我意识到了。

思想需要词语。词语需要声音。

我喜欢妈妈洗过头之后头发的香味。

我喜欢爸爸剃须之前，胡茬儿扎得我刺痒的感觉。

但我永远也没法告诉他们。

第三章

我想，我是一点一点发现自己和别人不同的。我的思想和记忆都没有问题，但发现自己不能行动时，我真的有点吃惊。这让我愤怒。

我很小的时候——肯定还不到一岁——爸爸带回家一只小小的毛绒玩具猫。它白白的，软软的，大小刚好适合婴儿的圆胖手指抓握。我坐在一个婴儿提篮里，提篮放在地板上，我被安全带绑着，安稳地坐在那儿视察我的小天地——绿色的长绒地毯和颜色相配的沙发。妈妈把玩具小猫放到我手里，我笑了。

“来，美乐笛。爸爸给你买了个漂漂玩玩。”她用大人和孩子说话常用的那种高声调温柔地哄着我。

拜托，“漂漂玩玩”是什么？好像弄明白真实事物还不够困难似的，我还得弄明白这些生造出来的词是什么意思！

但我很喜欢小猫凉凉的、软软的毛。然后，它掉到地上去了。爸爸再次把它放到我手里，我真的很想抓住它，抱着它，可它又一次掉到了地上。我记得我很生气，哭了起来。

“再试一次，宝贝。”爸爸说，他的话语边缘镶上了几许悲伤，“你能做得到。”爸妈把小猫一次又一次放在我手里。但每一次，每一次，我小小的手指头都抓不住它，它一次又一次跌回到地毯上。

经常跌到那块地毯上的还有我自己。我猜就因为这样我才对那块地毯记得特别清楚；凑近了看，它又绿又丑。我觉得在我出生之前长绒地毯就已经过时了。我有大把机会研究地毯里的线是怎么织到一起的，因为我总是趴在那儿等着有人过来抱起我。我自己翻不了身，所以那儿只有一个气哼哼的我和那块长绒地毯，还有，洒在地上的酸豆奶都沾到我脸上了，直到爸妈把我救起来。

我不坐婴儿椅的时候，爸妈会把我放在地板上，左右用枕头支撑住。但如果我看到一束光线从窗户里进来，就会扭过头去看光线里飞舞的小尘埃什么的，于是啷的一声，我就脸朝下趴地板上了。我会尖叫，爸爸或妈妈就会来把我扶起来，安抚我，把枕头摞得更好些，帮我保持平衡。可几分钟之后，我还是会再跌到地上。

然后老爸会做些滑稽的动作，比如学青蛙跳，就像我们一起看的《芝麻街》里的青蛙，逗得我咯咯笑起来。然后我就又摔趴下了。我真的不想摔倒，也不是有意的，可我没法控制。我完全没有平衡能力，半点都没有。

那时候我还不明白，可爸爸明白。他会叹口气，把我拉起来，放到他膝上坐着。他会紧紧地拥抱我，把小猫或别的我感兴趣的玩具，拿到我面前，让我摸。

爸爸有时候会说些奇怪的自己造的词，但他从来不像妈妈那样对我说儿语。他总是像对成年人说话那样对我说话，用正经的词语，假定我能听懂。他想得没错。

“你的人生不会轻松啊，小美乐笛。”他会悄声对我说，“如果我能跟你对换，我会毫不犹豫地这么做。你知道的，是吧？”

我只能眨眨眼，但我明白他的意思。有时候他的脸被眼泪弄得湿漉漉的。晚上，他有时会带我到外面去，在我耳边小声地说话，给我讲星星、月亮，还有夜风。

“天上那么多星星，在演出呢！专门给你看的，孩子。”他会这么说，“看看那满天繁星光彩闪烁，真令人惊叹！感觉到风了吗？它在挠你的脚指头呢。”

而白天，有时候他会把妈妈非要裹着我的层层毯子打开，让我体会阳光温暖地照在脸上和腿上的感觉。

他在我们家门廊里安了一个喂鸟器，我们常一起坐在那儿看小鸟直冲进来，一次叼走一颗种子吃。

“那只红的是红衣凤头鸟。”他会告诉我，“那边的那只是蓝松鸦。它们俩有点不对付。”说着他就会轻声笑起来。

爸爸做得最多的是唱歌给我听。他嗓音清澈干净，天生适合唱甲壳虫乐队的《昨天》和《我想握住你的手》这样的歌。老爸热爱甲壳虫乐队。是啊，你没法弄明白爸妈这种生物，还有他们为什么喜欢这个那个的。

我的听力一直非常出众。我记得小时候，我能听到爸爸的汽车开进我们这条街，然后停到家门口的车道上，还有他从口袋里掏家门钥匙的声音。他开门之后，会把钥匙丢在第一级台阶上，然后我就能听到冰箱门打开的声音——两次。第一次是他拿冷饮出来喝，第二次他会找出一块巨大的明斯特干酪。老爸钟情干酪，不过干酪和他的消化系统并不是很合得来。老爸放的屁是世界上最响最臭的。我不知道他上班的时候怎么能控制得住，也许他根本就不控制，反正他在家的时候，随心所欲，想放就放。他上楼梯的时候，就开始放屁了。

上一步，放个屁。
上一步，放个屁。
上一步，放个屁。

等他走到我的房间，我一定在笑，他会在我床边俯下身来亲吻我。他的呼吸里总带着薄荷味儿。

只要爸爸有时间，他就会读书给我听。虽然我知道，他一定已经很累了，他也总会微笑着挑出一两本书，然后我就能跟着他去漫游《野兽出没的地方》，或者看《帽子里的猫》把一切搞得一团糟。

我很可能比爸爸更早地记住了里面的那些词语，《晚安，月亮》、《让路给小鸭子》，还有很多很多。爸爸给我读过的每一本书里的每一个词都安稳地放在了我心里，永远不会忘。

是这么回事：我聪明得出奇，而且我相当确定，我有过目不忘的记忆力。就好像脑袋里藏着个照相机，我看到什么或听到什么的时候，只要咔嚓一下，就能留住它。

我在 PBS 公共电视台看过一个特别节目，是关于天才儿童的。这些孩子能记住复杂的长串数字、回忆起一系列词语和图画的准确顺序，还能背大段大段的诗。我也能做到。

我记得广告时段里所有可以免费拨打的电话号码，邮寄地址和网址。假如我有一天需要购置一套新刀具，或者最理想的健身机器，需要用到的信息全在我脑子里。

我知道所有电视剧里男女演员的名字，每个电视剧什么时候播，在哪个频道，哪些是重播。我甚至记得每个电视剧里的对话，还有两集之间的插播广告。

有时候我真希望脑袋里有个“删除”键。

我的轮椅上固定着一个电视遥控器，在离右手很近的地方。左边有个收音机的遥控器。我可以控制拳头和两个大拇指按键换台，这一点真的令我很高兴！一天二十四小时看摔跤争霸赛或家庭购物频道会叫人发疯的！我可以调音量，甚至可以放 DVD 影碟，只要有人在碟机里给我放上一张碟。我常看的是爸爸给我拍的儿时录像。

不过我也喜欢看有线频道那些节目，讲什么国王和他们征服的王国啦，医生和他们治愈的疾病什么的。我看过很多专题节目，什么火山喷发、鲨鱼惊魂、生下来就有两个脑袋的狗、埃及的木乃伊。我把它们全都记住了，每个字都记得。

倒不是说这对我有多大好处。没人知道我脑子里有这么多东西，只有我自己知道。甚至妈妈也不知道，尽管她有那种“老妈的直觉”，觉得我懂不少东西，可那种了解也是有限的。

没人了解，谁也不了解。我都要发疯了。

于是，每隔一段时间，我就会真正地失控一下。我是说真正的。我的胳膊、腿全都绷得紧紧的，抽搐起来，像暴风雨里颤动的树枝，连脸都僵硬了。这种情况发作的时候，我有时连气都喘不上来，但我得拼命喘气，因为我需要尖叫、乱动。这不是癫痫发作。癫痫是病理性的，而且会让人想睡觉。

这种情况——我给它起了个名字，叫“龙卷风爆发”——是我自身的一部分。所有那些不如意的事像滚雪球一样越积越大，让我发狂。我停不下来，尽管我想停；我知道我把别人吓坏了。我失去了自我。有时候这会变得危险。

我大概四岁的时候，有一次，妈妈和我去一个超市，那种从牛奶到沙发什么都卖的大超市。我还小，可以坐在购物车前端放孩子的简易座椅上。妈妈出门总是带着软枕头，在我左右各塞一个，防止我歪倒。一切都很好。她把厕纸、漱口水、洗涤剂什么的扔进购物车，我自得其乐地到处张望。

接着，在玩具部，我看到了那个。那是一盒盒颜色鲜艳的塑料积木。就在那天早上，我从电视上看到过关于那种玩具的警告：厂商正在召回那种玩具，因为上面的涂料是含铅的。电视上说已经有好几个孩子因为铅中毒住院了。可超市里，这些玩具还在货架上卖。

我指着那些玩具。

妈妈说："不行，宝贝儿。咱不买那个。你的玩具已经够多了。"

我又指了指那边，尖叫，还踢腿。

"不行！"妈妈这回语气强硬，"你可别想对我耍脾气。"

我不是要买那些积木。我想告诉妈妈，那些积木很危险。我想让她告诉别人，把那些积木处理掉，别让孩子生病。可我能做的只是尖叫，用手指，用脚踢。于是我这么做了。我弄出了更大的动静。

妈妈从玩具区旁边快步走过，把购物车推得飞快。"别闹了！"她对我嚷嚷。

我停不下来。我没法告诉她我的想法，这让我非常愤怒，龙卷风爆发了。我的胳膊变成了战斗的棍棒，腿变成了武器。我一边用脚踢她，一边尖叫，始终指着那些积木的方向。

旁人纷纷侧目，有人对我们指指点点，有的人扭过头去。

妈妈到了超市门口，把我从购物车里拽出来，扔下她选好的东西匆匆离开。走到汽车边上时她都快哭了。她把我放在座椅上，系好安全带，同时几乎是对我尖叫："你到底是出什么毛病了？"

好吧，其实她知道这个问题的答案。但她也知道我那天的表现反常。我喘着粗气，吸着鼻子，最终平静下来。我希望超市里的人看到了那条新闻。

我们回到家后，妈妈给医生打了电话，告诉他我的疯狂举动。医生给开了些镇静剂，但妈妈没让我吃。危机已经过去了。

我想，妈妈一直都没有弄明白那天我拼命想告诉她的是什么。

第四章

医生。让我从哪儿说起呢？医生真的不了解我。我妈妈是个护士，我猜她和那些医生有共同语言。但他们显然不知道要怎么和我说话。

我这辈子看过几十个医生了，他们都想分析我，把我弄个明白。可那些医生谁也治不好我，所以我通常无视他们，他们以为我是智障，我就装出智障的样子给他们看。我换上一副茫然的表情，眼睛盯着墙，假装他们的问题太难了，我不懂。反正，他们预料的也就是那样。

我满五岁之后，就该考虑上学的问题了。于是老妈带我去了一个医生那儿，他的职业就是弄明白我有多聪明。她把我的轮椅推进诊所，锁住刹车，以防轮子自行滚动，然后确认我大腿上方的安全带扣紧了。可我的胸部安全带松开了——它时不时地会来这么一下——于是我就像一根湿乎乎的意大利面一样从轮椅上滑出来了。

那位专家是个超级大块头。他衬衫的最下面一颗扣子绷开了，肚子从皮带上方突出来。恶心！

“我的名字是巨医生。”他用低沉响亮的声音说。

千真万确。这种名字才不可能是我编出来的。

“我们今天来玩个游戏，好吗？我来问你一些问题，你呢，可以玩这儿的玩具。是不是很有趣？”

我知道接下来会是一段漫长难熬的时间。

他拿出一堆用得很旧的木头积木，希望没有铅污染。然后他弯下腰来，离我那么近，我都能看到他脸上的毛孔了。恶心！“你能不能把这些积木按大小顺序堆起来？”他用很大的声音慢吞吞地说，好像我不仅有听力障碍而且是个真正的傻瓜。

可是谁在犯傻呀？他不知道我拿不起来积木吗？我当然知道哪块积木大哪块积木小，可我没法搭积木，就算付我钱也搭不了！于是我伸出胳膊，把积木全扫到地上去了。它们发出木头相撞的咔嗒声。医生把积木捡起来的时候我使劲忍住笑，他伸手够积木时，喘气的声音真的很大哦。

接下来，他拿出一摞八乘十英寸大小的光面颜色卡片。“看到蓝颜色就告诉我，美乐笛。”他说话的语气告诉我，他觉得这一切全都是浪费时间。

蓝色卡出现的时候，我指了指，发出点声响。“啦！”我说。

“棒极了！真了不起！不可思议！”他喊道。这么使劲夸我，不知道的还以为我刚考上大学了呢。如果我能翻个白眼，我一定会翻的。

然后他给我看绿色卡片，我踢了踢腿，也发出了点声响。可我的嘴不受控制，说不出“绿”字。医生看起来又失望了。

他往写字板上草草涂了几笔，拿出另一摞卡片，然后大声地说：“现在我要问你一些问题了，美乐笛。可能有点难，但你要尽量好好答，好吗？”

我只是看着他，等着，他把第一套卡片在我面前摆开。

“第一题。这些东西里，哪一个和别的不一样？”

他这玩意儿是从《芝麻街》里弄来的吗？

他给我看的图是西红柿、樱桃、一个圆圆的红气球，还有香蕉。我知道他多半希望我回答气球，可这也太容易了。于是我指了指香蕉，因为前三个都是红的、圆的，而香蕉不是。

巨医生叹了口气，又写了几笔记录。“第二题。”他说。他拿出另外四张卡片。这次卡片上是母牛、鲸鱼、骆驼和大象。“哪种动物生出来的宝宝是小牛犊？”

要知道，我一直在看“动物星球”节目。我知道，事实上，那些图片里所有的动物，生的宝宝都可以叫做“幼崽”[1]。我以为医生都应当很聪明，无所不知。该怎么做呢？我慢慢地、认真地在每张卡片上都敲了一下，然后又重复了一遍，想让

[1] “牛犊”（calf）这个词的另一层意思是所有大型哺乳动物的“幼崽”。

他明白。可惜，我想他没明白。

我听到他嘟囔了一句“母牛”，同时又写了些记录。很明显，他对我放弃努力了。

我突然发现他的书架上有一本《晚安，月亮》。我想那本书是西班牙语的，它的标题是《Buenas Noches，Luna》。一定很有意思，可我没有办法告诉他我想看看那本书。

我看过《芝麻街》和《朵拉历险记》几万次了，还一连几小时坐在那儿看西班牙语频道，所以我懂一点西班牙语，如果说得足够慢的话，我可以听懂相当不少，至少能认识那本书的标题。当然，医生从没想过问我这个。

我知道几百首歌的歌词和旋律——一首交响乐在我脑袋里轰鸣，可没人听得到，除了我自己。但医生从没想过问我音乐。

我这个年龄的孩子应该认识的所有颜色、形状、动物，我全认识，而且还更多。我在自己的脑袋里可以从一数到一千——正着数、反着数都不在话下。我认识几百个单词。但所有这些都困在我的脑袋里。

巨医生，虽然他上过大学，就算上了一万年吧，也绝对不会聪明得能看到我脑袋里的东西。所以我又戴上了那副弱智表情面具，脑子里则想起了去年夏天妈妈和我去动物园的事。我真喜欢那些大象，但那个臭哟！事实上，巨医生有点让我想起了大象。妈妈和医生不知道我为什么面露微笑，那会儿医生在写对我的评价，妈妈和我去候诊室等着。医生很快就写完了。

我一直对一件事很惊异：为什么大人总觉得我听不见？他们说起我的时候简直把我当成个隐形人，是不是以为我太弱智了，理解不了他们的对话？我从大人的对话里学了不少东西。但这次的对话真是糟透了。他甚至没打算说得委婉些，直接把这消息扔给了我妈，而我妈，我敢肯定，她的感受跟被大卡车撞了没什么两样。

他先清了清嗓子，然后开始说："布鲁克斯太太，我的意见是，美乐笛大脑损伤严重，智力发育极为迟缓。"

哇！就算我只有五岁，我看过的复活节邮封组织[1]的电视节目足够让我明白，这很糟糕。真的很糟。我觉得心里猛地一沉。

妈妈倒抽一口冷气，然后整整一分钟说不出话来。最后，她深吸一口气，小声地表示反对："可我知道她很聪明。我能从她的眼睛里看出来。"

"你爱她。所以有些一相情愿的想法再正常不过了。"巨医生温和地说。

"不是，她身上有那种火花。不只是火花，而且是火苗，

[1] 复活节邮封组织（Easter Seal），是一个旨在帮助残疾儿童和成人的慈善组织。因其最初在复活节前后组织募捐，募捐者得到红色百合图案的贴纸可贴在信封上而得名。

她有真正的才智。我就是知道。”妈妈坚持自己的观点，语气也强硬了一些。

“接受自己心爱的孩子智力上有局限是要花点时间的。她患有脑瘫，布鲁克斯太太。”

“我知道她这种情况在医学上叫什么名称，医生。”妈妈说话的语气变得冰冷起来，“但一个人不仅仅是写在表格上的诊断病例名称！她是个活生生的人！”

说得好，老妈，我想。可接下来她的声音失去了锋芒，流露出无助的感伤。

“她听到笑话会笑，”我妈告诉医生，她嗓音里的冰块变成了绝望，“笑得很是时候。”妈妈嗫嚅着停了下来。她说的话有些荒唐，甚至我都这么觉得，但我明白，她只是找不到语言来解释她的直觉，她知道我不傻，只是无法表达。

巨医生从她身上看到我身上，然后摇摇头，说：“你很幸运，她会笑。但美乐笛永远不能自己走路，说不出哪怕一句话。她永远不能自己吃饭，生活不能自理，只能理解简单的指令，别的什么也不懂。你得接受现实，只有这样才能应付将来的事。”这番话真是毫不掩饰地恶毒。

妈妈几乎从来不哭，但那天她哭了。她哭啊哭啊，哭个不停。巨医生只好给她一整盒纸巾。他们俩都没注意我，妈妈在啜泣，医生绞尽脑汁想说点善意的话，让她感觉好些，可惜他做得不太成功。

最后，他把选择摆在我妈面前。“你和你丈夫需要做几个决定。”他告诉妈妈，“你们可以选择让她待在家里，或者送她去接收发育性残疾学生的专门学校。在我们这个小地方，选择不太多。”

他们从哪儿找来那些好听的字眼描述像我这样的孩子？

妈妈发出了一声小猫呜咽般的声音。她快要受不了了。

巨医生继续说：“你们也可以选择把她送到居住式护理机构去，会有人照顾她，让她过得舒舒服服的。”

他抽出一张宣传彩页递给妈妈，封面上有个坐着轮椅笑眯眯的孩子。她接过来的时候，我发抖了。

“我们来看看，”医生说，“美乐笛现在，嗯，五岁了。这正是学着适应新环境的理想年龄。你和你丈夫可以摆脱她这个负担，继续你们的生活。过一段时间，她就会逐渐淡忘你们。”

我盯着妈妈，简直要发狂了。我不想被送走。我是个负担吗？我从来没有这样想过问题。也许如果没有我，爸妈的生活真的会轻松些。我喘着粗气，双手冰凉。

妈妈没看我。她正对巨医生怒目而视，眼睛里飞出小刀子。她把手里的纸巾揉成一团，站了起来。“让我告诉你，医生。让我们把美乐笛送到疗养院去，绝不可能，门儿都没有！”

我眨眨眼。这是我妈妈吗？我又眨了一下，她还在那儿，针锋相对地站在巨医生的面前！

她还没说完呢。“你知道吗？”我妈一边说，一边愤怒地把彩页扔进了垃圾桶，“我觉得你真是冷血无情。但愿你永远都别生个有困难的孩子——你很可能会把他和垃圾一起扔出去的！”

巨医生看起来目瞪口呆。

“还有啊，”妈妈接着说，“我想你错了——我能肯定你错了！美乐笛很聪明，她头脑里藏着的智慧比你一辈子能有的智慧还要多，别以为你上过那些花里胡哨的学校，把那些花里胡哨的文凭贴了满墙就了不起了！”

这回轮到医生眨巴眼了。

“对你来说，事事轻而易举——你的身体机能运转正常。你从来不用苦苦挣扎着让别人理解你。你以为有个医科文凭就说明你聪明吗？”

医生十分明智地闭上嘴不说话，羞愧地低下了头。

妈妈像连珠炮一样说个不停：“你没那么聪明，先生！你不过是运气好！我们这些身体健康的正常人全都是老天保佑。美乐笛能理解事物，能交流，能应付一个全都乱了套的世界——她的世界没有一件事情正常运转。她才是真正聪明的人！”

说完，她昂首阔步走出医生的办公室，敏捷地推着我走出厚厚的大门。在走廊里，我们轻快地碰了下拳头——我最多只能做到这样。我的手已经不冰凉了。

“我这就带你去报名，上斯伯丁街小学，”我们走回停车场的路上，她斩钉截铁地宣布，“我们就要忙起来了！”

第五章

我在斯伯丁街小学上了五年学了。这所学校很普通，全是孩子，跟我在电视里看到的学校一样。

在操场上互相追逐，在走廊里一阵疯跑，刚好赶在上课铃响之前跑回自己的座位上的孩子们。

冬天在结冰的路面上滑冰，春天在雨水积成的小水坑里使劲跺脚的孩子们。

吵吵嚷嚷，推推搡搡的孩子们。

把铅笔削尖，到黑板上去做数学题，打开课本读诗的孩子们。

把答案写在练习本上，把作业塞进书包里的孩子们。

在午餐室里一边吸着盒装果汁，一边把吃的东西互相扔的孩子们。

在合唱团里唱歌、学拉小提琴、放学之后去上体操、芭蕾或游泳课的孩子们。

在体育馆里投篮的孩子们。他们订计划、讲笑话、交朋友，谈话的声音响彻了所有的走廊。

大部分情况下，都会无视像我这样的孩子的孩子们。

他们管我们坐的校车叫“特需”校车，这车的车门上安装了一个很酷的轮椅电梯，每天早上它会到我家门口来接我。我们到了学校之后，司乘人员会不急不忙地检查所有的安全带和带扣是不是系好系紧了，然后才把我们这些用助步器的、坐轮椅的、拄拐杖的，还有戴头盔的孩子们一个一个用校车电梯放到地上去。然后，会有一个助理老师推着我们或者扶着我们到等待区去。

阳光明媚天气好的时候，我们就坐在学校外面。我喜欢看“普通”孩子在上课铃响之前玩四方球[1]游戏，他们看起来玩得高兴极了。有时候他们叫别的孩子一起玩，可从来没有人叫过我们这些孩子。当然，我们本来也玩不了。但如果有人过来说声“嗨”，该有多好呀！我猜玩四方球的那些孩子一定以为我们都迟钝得很，所以不在乎别人像对待隐形人一样对待我们。

妈妈一开始给我报名来这儿的时候，我兴奋得不行。我以为我会每天学到新东西，可结果大部分时候，只是让我们

[1] 一种儿童游戏，在地上画一个正方形，并将对角线相连，四个人分别站在四个角，彼此传球，球必须在对方所属格子中弹跳一次，球必须保持动态，将球接起来者算犯规出局。

有点事做、打发时间，不用一天到晚待在家里。上二年级和三年级的时候，我从“科幻”频道或“发现”频道学到的东西多半比学校学到的多。大部分老师人很好，可他们得有超人的 X 光透视眼才能看到我脑袋里的东西啊。

我和其他被叫做“残障”的孩子一起上特别课程，我们的年龄从九岁到十一岁不等。我们这个“学习集体”——简直是个笑话——自打我上小学就在一起了。我们好像从来都不像其他班那样升级，而只是重复前一年做过的事情，只不过换个新老师。我们甚至都不像别的班那样每年换个新教室。

现在和我一个班的这些孩子，我们二年级就在一起，那时候的老师是崔西太太；三年级时，折磨我们的是比拉普斯太太，她完全可以得全世界最糟老师的奖章。我们的教学楼这一侧有六个自成一体、互不干扰的学习集体，都是有各种问题的孩子们，从学龄前孩子到应该上高中的年龄都有。

我们的教室，H-5 班，小婴儿应该很喜欢，可是饶了我吧！它整个儿涂成黄色和粉色。一面墙画着有笑脸的太阳，巨大的彩虹，还有若干花朵——全都带着笑脸。另一面墙画着快乐的小猫小狗小兔子。蓝天白云，满天都是蓝鸟，就连小鸟都面带微笑。我已经快十一岁了，如果再让我多看一天天堂里的小狗狗，我想我会吐的！

阿什丽是我们这组里年龄最小的，她就真的经常吐。她九岁，但你说她三岁也有人信。她的轮椅非常小，我从没见过那么小的。

她是我们的时装模特。她是个十足的美人——电影明星般的眼睛，长长的鬈发，精灵般小巧的鼻子。她看起来像个洋娃娃，装在盒子里、摆在架子上的那种，只不过她比洋娃娃还要更漂亮些。她妈妈每天都把她打扮得完美无瑕。如果她穿了粉色上衣，那一定会配粉色裤子、粉色袜子，头发上还要扎两个小小的粉色蝴蝶结。就连她小不点的手指甲也会涂上跟衣服颜色搭配的指甲油。

老师和治疗专家让我们做所谓的"小组"活动，可阿什丽要参与很困难。她的身体真的非常僵直，对她来说，伸出手去抓握任何东西都是高难度的。

每年圣诞节，他们会让 H-5 班的孩子们装饰一个傻呵呵的六英尺高的泡沫聚苯乙烯雪人。我不知道普通班上的孩子们都做什么，反正不管这一年教我们的是哪个老师，只要她把这玩意儿从某个柜子里拖出来，我就知道圣诞假期快到了。

海雅特太太，我们的幼儿园老师，很喜欢那个乱七八糟的雪人，它其实就是三个大圆球，淡黄色的泡沫聚苯乙烯做成的，靠大头针和管子固定在一起。

"我们动手打扮它吧，孩子们！"她的声音吱吱嘎嘎的，很刺耳，"我们可以用钩毛魔术贴、牙签或者胶水——不管什么工具都行——只要把装饰贴到悉尼身上。悉尼是我们

H–5 班的节日雪人！”

我不知道那时候这雪人高龄几何，不过可怜的悉尼已经站不直了。它就像个醉鬼一样歪歪斜斜，得靠着墙才能不倒。海雅特老师给了我们绿色的雪花。——绿色？好吧，我们是笨孩子。我猜他们觉得我们不会去管什么颜色。花环是棕色的。星星则是紫色和粉色。

“你喜欢雪人吗，阿什丽？”海雅特老师问她。阿什丽基本上完全无法交流，因为她身体绷得太紧了。她的“对话板”上只有两个词：“是”和“不”。她把头稍稍往左偏了偏，表示“不”。我敢保证她想把那家伙推倒。

跟阿什丽比起来，卡尔简直是巨型，尽管他只有九岁。他的轮椅是特别定做加宽的，要两个助理老师才能帮他上下轮椅。但他的手很灵活。他可以移动自己的轮椅，还能拿住铅笔，写自己的名字。还能用铅笔扎雪人。

卡尔用铅笔和尺子戳雪人的身体，把钢笔扎到它脑袋上。海雅特老师总是拍着手，用尖细的小嗓门说：“做得好！卡尔，真有创意！”

卡尔只是笑。他能说话，不过只能说很短的句子，通常中间停顿一下。他很有主见。“雪人笨。”他会嚷嚷着说，“非常非常笨。”

我想他跟我一样讨厌那个雪人。有一年，他用大头针把两片纸尿裤分别钉在相当于雪人屁股那个球的正反两面，老师也没把它们拿下来。卡尔知道纸尿裤是干什么用的。

他差不多每天都会把大便拉在裤子里，那个时候，整个教室的气味就像动物园的猴山一样。不过，助理老师对他耐心极了。他们戴上橡胶手套，帮他清理干净，给他换衣服——他总是穿宽松的休闲服——然后把他放回轮椅上坐着。真应该给那些助理老师发奖章，我们这群孩子不容易照顾。

玛丽亚十岁，她有唐氏综合征。她真心喜爱圣诞节还有复活节还有情人节还有地球日——什么节都没关系。只要是节日，玛丽亚就兴高采烈，准备庆祝。她腰围比较粗，有点像我们的雪人。但玛丽亚是个小话痨。跟她在一起很有意思，尽管她一直管我叫“美莉贝莉”。

每年，到了该把我们那历史悠久的雪人请出来的时候，玛丽亚就会蹦啊跳啊，发自内心地激动欢呼。我相当肯定，她是我们班里唯一一个真心喜爱雪人的孩子。

“到了装饰雪人悉尼的时候了！”她激动得直喘气，“我能给它戴上帽子吗？能吗？能吗？能给它围上我的红围巾吗？悉尼会喜欢我的红围巾的！”

海雅特老师，还有后来的每一任老师，都让玛丽亚负责粘贴绿色彩纸剪的拐杖糖和带紫色条纹的星星，那也是用包装纸剪出来的。玛丽亚会把每个小装饰先放到嘴边亲一下，再用魔术贴贴到雪人身上。她每天下午放学回家之前都要跟悉尼拥抱，每年到了要把悉尼收起来的时候她都会哭一场。

玛丽亚在理解复杂事物方面有困难，但她很能了解别人，了解他们的感觉。“你今天为什么难过，美莉贝莉？”一天早上她这么问我，那是好几年前了。她怎么会知道前一天我的金鱼死掉了呢？我让她给了我一个大大的拥抱，这让我感觉好些了。

如果说玛丽亚是我们的拥抱宝宝，葛洛莉亚就是我们的摇晃宝宝。她一连几小时躲在角落里不停摇晃，那个角落上方画着个傻呵呵的有笑脸的花朵图案。老师们总想把她哄出来，可她双臂环抱着自己，好像觉得冷，还是摇个不停。我猜她有自闭症。她走路可以走得非常好，如果她有想说的话，她也会说。她的话总是值得一听。

“雪人让我发抖。”有一天她脱口而出，那时教室里安静得惊人。然后她在自己的角落里蜷成一团，再也不开口，直到放学回家。她从来没有往我们的雪人身上贴过一样装饰品，但我想她并非对节日毫无反应。老师播放节日音乐的CD时，她会舒展身体，显得比较放松。

威利·威廉姆斯十一岁——没错，那是他的真名。我不知道医生对他的诊断结果是什么。他会发出奇怪的叫声，像电影《音乐之声》中《孤独的牧羊人》一曲的约德尔唱法那样，真声假声快速交替喊出一些无意义的字，就像那些登山广告片里瑞士人唱的山歌那样。他还会发出一些别的声音——口哨声、呼噜声、尖叫声。他从来没有安静的时候，也没有一分钟能完全静止不动。我有时候感到疑惑，他睡着了也会发出这样那样的声音、动个不停吗？

雪人悉尼一年的大部分时候不知道放在哪个盒子里，到把它从盒子里拿出来的时候，老师就得让威利离得远一点，因为他会把这个摇摇欲坠的家伙给碰倒。威利不是故意淘气，只是他的胳膊和腿总在不停地抽动，他自己控制不了。

海雅特老师是第一个目睹悉尼被弄垮的老师。“你干吗不来把这个漂亮的粉红色蝴蝶结贴到我们的雪人身上？”在第一年里，她用尖细的嗓音对威利吱吱地说。

威利不住抖动，好像浑身都长了手，他尽力了，可那个愚蠢的粉色蝴蝶结掉到一边，可怜的悉尼倒向另一边。三个球散落下来，满教室乱滚。威利发出尖叫声和口哨声。我想我还看到他偷笑了。

不过呀，要是海雅特老师给威利一个棒球让他粘到雪人身上，准保威利会完成得更认真。威利热爱棒球。

我们的一年级老师，格罗斯先生，喜欢和我们玩问答游戏。如果问题是关于蝴蝶啦帆船什么的，威利只会嘟囔两声。但如果问题是关于棒球的，你就看好吧，他会抢在尖叫和怪声自动脱口而出之前，先大声喊出正确答案。

“谁是第一个单季打出六十支本垒打的棒球球员？”格罗斯先生问。

“贝比·鲁斯！”

“谁打破了贝比·鲁斯的七百一十四支本垒打的纪录？”

“汉克·阿伦！”嗬嗬的咳嗽声。

“那么谁是安打之王？”格罗斯先生似乎对威利的知识面之广感到震惊。

“彼得·罗斯！四千——二百——五十——六。咦咦咳！”

“还有，谁保持了触地得分的生涯纪录？”

静默，连一声短促的尖叫都没有。威利懒得理会橄榄球，也懒得理会雪人。

不过，有时候看着威利，我有种感觉，他真的希望自己能安静下来。我看到他闭上眼睛，皱着眉头，集中注意力。有那么几分钟他可以做到不出声。他深吸一口气，就像游泳运动员浮上来换气那样，等他睁开眼睛，所有的声音又冒出来了。这之后，他总是显得很难过。

吉尔走路要靠助步器，因为她走路时有点拖着左脚。她很瘦，面色苍白，不爱说话。圣诞节把悉尼拿出来的时候，杰尔的眼睛几乎是一片空白，就好像咔嗒一下关上了灯似的。她经常哭。格罗斯先生总是把装饰品放到她手里，想帮助她参与到活动里，可那就像帮助商店里的人体模型一样。我曾听到一个助理老师说，她在婴儿时期遇上了车祸。我想那真是糟透了——一开始还挺好的，然后却失去了行动的能力。

弗莱迪，他快十二岁了，是我们这群孩子里年龄最大的。他坐一辆电动轮椅。他喜欢电动轮椅，只要一有机会就告诉我:“弗莱迪嗖嗖嗖！弗莱迪嗖嗖嗖！”他会咧嘴一笑，假装戴上头盔，然后把控制器推到最大位置，向教室的另一端进发。当然了，他的速度控制设定只有两挡:慢速和更慢速。但对于弗莱迪来说，他就是在赛车道上奔驰！

他控制着电动轮椅，围着破旧的老雪人嗖嗖打转，把粘了魔术贴的星星和铃铛往雪人身上扔，同时问:“雪人嗖嗖嗖？”

好吧，我觉得，在威利把雪人碰飞出去、卡尔用铅笔戳它之后，这个问题问得有道理！每年弗莱迪都会在雪人身上新留下些痕迹——全国运动汽车竞赛协会（NASCAR）和国家航空航天局（NASA）的贴纸，跟他在自己轮椅上贴的那些一样。你要是问弗莱迪今天几号，他没法告诉你。可你要是想知道谁赢了全国运动汽车竞赛协会在戴通纳主办的五百英里汽车赛，弗莱迪会知道答案。

接下来就是我了。

我讨厌那个蠢雪人，但我乖乖按他们的要求往它身上贴亮闪闪的金属箔。这比费事解释清楚好歹要容易些。

我有个大的树脂玻璃托盘，固定在轮椅的扶手上。它既用作餐盘，也是个交流板。我小的时候，妈妈在上面贴了十来个词，可我能沟通的还是有限，不过是屈指可数的几个普通名词、动词、形容词，一些名字，一堆表情符号，还有一些必需的短句，比如“麻烦，我要上厕所”，还有“我饿了”。

可是绝大部分人——就算是小孩子——一天里要说的话也远不止这么点吧！

托盘的右手边有这么几个词紧挨着："请"、"谢谢"、"是"、"不"，还有"也许"。左侧是我家人的名字，班上同学还有老师的名字。"悉尼"这个名字不包括在内。

托盘顶端有一长条字母表，我能用它拼出单词；下面还有一排数字，这样我就能数数，或者表达数量和时间。生活中的绝大部分时候，我的交流工具就是这块板子，跟一个幼儿差不了多少。难怪每个人都觉得我是弱智。

顺便说一句，我讨厌这个词——弱智。

我喜欢 H-5 班的所有孩子，我比任何人都更了解他们的处境。可那些孩子没有一个跟我一样。我就像生活在一个笼子里，没有门，没有钥匙。我也没办法告诉别人，怎么把我弄出去。

哦，等等！我忘了说 V 阿姨！

第六章

维奥莱特·瓦伦西亚阿姨住在我们家隔壁。维奥莱特的意思是紫罗兰，紫色的；而著名的瓦伦西亚橙呢，是橙色的！紫色的橙子可太不寻常了，她本人也一样。她是个大个子女人——大概六英尺[1]高，她的手是我见过的最大的，简直是巨型。我敢保证她可以一手拿一个正常尺寸的篮球，还绰绰有余。如果说V阿姨是，嗯，是一棵树吧，那我妈在她旁边一比，就是一根小树枝。

从大约两岁起开始，我有时候会待在V阿姨家里。起初，爸妈几乎从不把我托付给别人照顾，可有时候他们俩都得去上班，不得不再找个人做帮手。妈妈说，我从出生的医院回家后，V阿姨是第一个来看我的客人，也是她第一个把我像抱普通小婴儿一样抱起来。爸妈的许多朋友连碰都不敢碰我，

[1] 约一点八三米。

V 阿姨可不是这样!

V 阿姨总穿着巨大的蓬松飘荡的裙子——一定很费布料，颜色搭配也全都匪夷所思。泡泡糖一样的粉红配上救火车式的大红、冰冻果子露般的桃子色，再加鲜艳的黄棕色。当然，还有各种各样深浅不同的橙色和紫色。她告诉我这些裙子是她自己做的，我猜她也只能自己做了，我从没在商店商场里看到类似这样的裙子。医院里当然更没见过。

V 阿姨和妈妈以前是同一家医院的护士。妈妈告诉我，那儿的孩子们都喜欢死 V 阿姨了。她在早产儿病房、儿童肿瘤病房、儿童烧伤病区都穿着一样色彩鲜艳的衣服。“色彩能给这些孩子带来生机和希望！”她大大咧咧地宣布，好像说看谁敢不同意。我猜谁也不敢。

我记得第一次坐在 V 阿姨家门廊里的情景。妈妈和爸爸显得有些担心，但 V 阿姨稳稳地托住我，让我在她腿上跳。她那蓬松宽大的连衣裙里一定藏着一只小麦克风——因为她说话的声音能让所有人都闭嘴，看她，听她说话。

“当然我会照顾美乐笛的。”她不容置疑地说。

“嗯，美乐笛有点，那个，你知道，与众不同。”爸爸犹犹豫豫地说。

“每一个孩子都与众不同。”V 阿姨的回答带有无可争辩的语气，“不过这孩子可藏着超能力呢。我很乐意帮她开发出来。”

“她对我们来说非常珍贵，可我们付你的恐怕不足以为报。”爸爸开口说。

V 阿姨耸耸肩，微笑着说：“不管你们给我多少，我都欣然接受。”

爸爸看起来有些不好意思。“呃，多谢了。哦，对了，我这个礼拜就能把门口的斜坡修起来，只需要再去一趟木材场。”

“哦，那样就省事多了。”V 阿姨点点头说。

“美乐笛有时候可是很棘手的。”妈妈警告说。

V 阿姨把我举起来。“我的手够大够厚实。”

“我们希望她能尽可能复健……”爸爸补充说。

“哦，饶了我吧！”V 阿姨说，把爸爸吓了一跳，“别被那些怎么抚养残疾儿童的指导书里抚触啦什么的字眼弄昏了头！美乐笛这孩子能学习也会学习，只要跟我在一起！”

爸爸看起来很尴尬，不过随后他笑了。“那二十年后把她送回来吧。”

“晚饭的时候就给你们送回去！”

于是，大部分的工作日，我就在瓦伦西亚阿姨家里待上好几个小时，直到爸爸妈妈回家。我长大些之后，每天下午放学后就去瓦伦西亚阿姨家。我不知道爸妈付她多少钱，但与她为我做的比起来，那一定远远不够。

从一开始，瓦伦西亚阿姨就对我毫不怜悯。她不把我放在爸妈给我拿来的专用小椅子里，而是在房间的地板上铺开一床大大的软软的被子，然后把我扑通一下脸朝上扔在正中央。她第一次这么做的时候，我仰脸看着她，觉得她疯了。我大哭，尖叫。她根本不理我，自顾自走去打开了CD机。震耳欲聋的进行曲响彻房间，我喜欢。

然后她走回来，把我最喜欢的玩具——一只橡皮小猴——放在我脑袋前面几英寸远的地方。我想要那只小猴，一捏它就会吱吱叫，可它就像是离我几万里远一样。我仰面躺着，像一只四脚朝天的乌龟，动不了。我更大声地尖叫。

V阿姨在被子上坐下来。“翻身，美乐笛。”她悄声说。有时候，她的嗓音能变得非常温柔。

我震惊不已，都忘了叫喊。我翻不了身。她不知道吗？她傻了吗？

她用纸巾擦了擦我的鼻子。“你自己能翻过来，美乐笛。我知道你能听懂我说的每一个字，也知道你能做到。翻吧！”

事实上，我从来没有不畏艰难地费劲去往什么地方滚过。我从沙发上滚下来过几次，摔得很疼，所以我总是等着妈妈或爸爸来把我挪动到舒服的姿势。

“看看你躺着的姿势，已经是侧躺了——成功一半啦。把那些尖叫的力气都省下来，帮你自己换个姿势。把右手从脑袋上挥过去，集中注意力！”

我照做了，绷紧身体，拼命伸手。我竭尽全力，甚至放了个屁！V阿姨撑不住笑了。可是慢慢地、一点一点地，我感觉到身体在向右滚。然后，不可思议地，扑通，我变成趴着了。我为自己骄傲极了，尖叫起来。

"我就说吧，"V阿姨用带着胜利的语气说，"现在去拿小猴吧！"

我学乖了，抗议没用。于是我伸胳膊去够小猴。小猴离我的手只有两英寸，我使劲往前蹭。可我的腿不听指挥，一直跟我大脑发出的命令反着来。我扭来扭去，拳头攥住被子往后拉。离小猴近了！

"你真是个聪明的小甜饼。"V阿姨对我说。

我又用力扯了一下被子，慢慢地，终于，小猴到手了。我紧紧抓住它，它吱吱直叫，好像很高兴见到我。我笑了，让它一次又一次地吱吱叫。

"锻炼了这么半天，你一定饿了。"V阿姨说。她先喂我香草奶昔，然后是蔬菜和面条。瓦伦西亚阿姨总是先上甜点，我也总是把饭全吃光——健康的部分和美味的部分。这是我们的秘密。

只有V阿姨一个人让我喝汽水，可乐、雪碧、塔希提趣汽水。我喜欢打嗝的时候鼻子痒痒的感觉，可老妈和老爸基本上只给我喝牛奶和果汁。我最喜欢的是柑橘口味饮料品牌——美乐耶乐，V阿姨甚至开始管我叫这个名儿了。

在V阿姨家，我学会了蹭、挪，然后又学会了爬。当然，我永远也没机会赢一次婴儿爬行比赛，但到三岁的时候，我已经能从房间的一头爬到另一头了。她让我琢磨出来该怎么转身，学会前后转换方向。她对我毫不心软。她还故意让我从轮椅上滑下来摔到软垫子上，让我练习怎么控制自己、防止跌倒。

“想想看，如果有人忘了帮你扣好安全带怎么办？”她咬牙切齿的语气好像嘴里嚼着小石子儿，“你最好学会怎么应付，要不然就要摔得脑袋瓜开花了。”

我不想脑袋瓜开花，所以我们一遍遍地练习。她送我回家的时候，会告诉我妈，我晚饭吃得好，大便也拉得好——我始终不明白为什么爹妈总觉得拉大便是件大事——然后对我眨眨眼。我就像是她的秘密使命。

可是，开始上学之后，我就发现有一个比从轮椅上摔下来更为重大的问题。我需要语言。如果我不会说话，我怎么能学东西呢？我怎么回答问题呢？怎么问问题呢？

我知道许多单词，但我看不了书。我脑袋里有一万种想法，可我不能和任何人交流。最要命的是，别人根本不觉得H-5班的孩子能学什么东西。这简直让我发疯。

应该是我六岁没过多少的时候，V阿姨就弄明白了我需要什么。一天下午放学后，我们吃了点淋着焦糖浆的冰激凌，她随意换着有线电视的频道，一个纪录片引起了她的注意，那片子讲的是一个叫斯蒂芬·霍金的人。

现在我差不多对一切有轮椅出现的电视都感兴趣。唉！我甚至喜欢看杰瑞·刘易斯[1]的电视节目！原来，这个斯蒂芬·霍金得了一种病，叫ALS[2]，他走不了路也说不了话，可他很可能是世界上最聪明的人，而且每个人都知道。这可太酷了！

我敢说他有时候一定非常灰心丧气。

电视播完后，我变得非常安静。

"他跟你有点像，是吗？"V阿姨问。

我指了指我的对话板上的"是"，然后又指了指"不"。

"我不明白你的意思。"她抓抓脑袋。

我指了指"需要"，然后指"读"。需要——读。需要——读。

"我知道你已经会认读很多词了，美乐笛。"V阿姨说。

我又指着板子，更多。我能感觉到眼泪快流出来了，更多，更多，更多。

"美乐笛，如果你只能选一样，你更愿意选哪个？走路还是说话？"

说话，我指着板子。我一次又一次地敲打着那个词，说话，说话，说话。

我有那么多话要说。

---

[1] 美国著名喜剧影星，电影制作人，曾一度因健康原因需要坐轮椅。
[2] ALS，全称是amyotrophic lateral sclerosis，肌萎缩侧索硬化。

于是，V 阿姨开始接受了新使命，教给我语言。她把我交流板上的字全都撕下来，一笔一画开始从头写。她重新写的词比较小，这样就能多塞下一些。我的对话板上每一块地方都挤满了家人朋友的名字和照片、我可能要问的问题，还有许许多多的名词、动词和形容词，这样我就真的能组合出像样的句子来。我可以问“我的书包在哪儿？”，或者说“生日快乐，妈妈”，只需要用拇指指着那些词。

顺便说说，我有两个神奇的大拇指，好用极了。除了这两个拇指之外，我的身体感觉有点像是一件扣子全都扣错了扣眼的外套，但我的大拇指毫无瑕疵，从不失灵。就这么两个手指头，想想吧。

每次 V 阿姨给我增加新词，我都学得飞快。我用新词造句，如饥似渴地想学更多。我想读书！

于是她给我做闪卡。

粉色的是名词。

蓝色的是动词。

绿色的是形容词。

我慢慢学会了一堆又一堆的词。有小词，像鱼，橘，绿。我喜欢押韵的词，很好记，就像商场里的“买一赠全套”大甩卖。

我也学了又长又难的词，像熙熙攘攘、姹紫嫣红，还有读音规则完全没道理的词，像吝啬、凹凸。我学会了一周的七天、一年的十二个月，所有的行星、海洋、大洲的名字。每一天我都学会新的词，我把它们吸进去，狼吞虎咽，就像吃V阿姨的樱桃蛋糕一样。

然后，V阿姨会在地板上摆开卡片，把我放在一个大枕头上，让我能够得着卡片，我则用拳头把卡片推来推去，摆成句子。这就像把珠子穿到一起变成项链，真正了不起的东西。

我喜欢把她逗笑，所以我有时候会把词摆成滑稽古怪的顺序。

蓝鱼会逃走，它不想当晚餐。

她还教给我在家听过的所有音乐的名字。我学会分辨贝多芬和巴赫，区分奏鸣曲和协奏曲。她会挑出一张CD，放一段，问我是谁的作品。

莫扎特。我从她摆在我面前的几个选项中挑出正确答案，指一指。然后，我又指向我对话板上的蓝颜色。

“什么？”她问。

她播了一段巴赫之后，我指出了作曲家，然后又一次碰碰我对话板上的蓝色。我还碰了碰紫色。

她看起来很困惑。我努力从地板上搜索合适的词语来表达我的意思，想让她明白，我听到的音乐是有色彩的。最终，我意识到，就算是V阿姨，也没法弄明白我脑子里所有的东西。

我们继续下去。

有时候她会放嘻哈音乐，有时候放怀旧老歌。音乐，还有音乐产生的色彩，在她身边轻松流淌，就像她的裙子一样。

V阿姨各种天气都带我到外面去，有一天甚至让我坐在外面真正地淋了一场雨。那天溽热蒸腾，我身上黏糊糊的，脾气也很大。外面气温一定有三十二度了。我们坐在她家的门廊里，看着雷雨到来之前乌云聚集。她告诉我各种不同云的名字，拿它们编故事。我知道接下来她就会把每一种云的名字都写在生词卡片上。

“上面那个大家伙，雨云——他又黑又壮，能把所有其他的云朵都吹到天外边去。他想和积云小姐结婚，但她太柔弱太漂亮了，不想被这么个吓人的家伙打扰。于是雨云发怒了，就下起了暴雨。”V阿姨对我说。

过了一会儿，雨云这家伙终于为所欲为地在我们身边下起了暴雨。雨大得看不清门廊外的情景。外边刮着风，雨的湿气和凉意把我们从头冲到脚，感觉真好。V阿姨家门廊顶上有个小漏洞，几滴雨水落到我头上，我笑起来，声音很大。

V阿姨对我做了个鬼脸，然后跳起来。“你想好好感受一下吗？”她问。

我点头，想，想，想。

她推着我的轮椅从爸爸修的那个斜坡下去，我们俩都越来越湿。来到草坪上，她停下来，让雨把我们淋得透湿。我的头发、衣服、眼睛还有胳膊还有手。湿，湿，湿，真是棒极了。雨水很暖和，简直像洗澡水。我笑啊笑啊，笑个不停。

最后，V阿姨从斜坡那儿把我推回房子里，把我擦干、换衣服，然后给我冲了一杯巧克力牛奶。她把我的轮椅也擦干了，等到爸爸来接我的时候，雨已经停了，一切都干了。

那天晚上我整晚一直梦见巧克力云朵。

第七章

睡觉的时候，我会做梦。在梦里，我什么都能做。在操场上玩游戏时，我第一个被选中。我跑得快极了！学体操，从来不会从平衡木上掉下来。我会跳方块舞，跳得很好。给朋友们打电话，一聊就是几个小时。小声说悄悄话。唱歌。

可每当早上醒来，令人失望的现实总是给我当头一棒。我吃饭得让人喂，穿衣服也要人帮，然后在斯伯丁街小学那间画满笑脸的教室里度过漫长的一天。

H–5 班的教室里有过各种各样的任课老师，但更多的是生活老师，多得我都数不过来。生活老师通常是一男一女，男老师帮助男生、女老师照顾女生。他们的职责包括带我们去上厕所（或者给阿什丽和卡尔这样的孩子换纸尿裤），喂我们吃午餐，帮我们擦嘴，推着轮椅把我们送到想去的地方，还有拥抱我们。我估计他们的工资不高，因为他们通常待不了多久就换工作了。可他们真应该得一百万美元。他们的工作实在不容易，我觉得大部分人都没意识到这点。

留住好的任课老师也不容易。我猜，也许不能怪他们离开，因为，就像我说过的，我们这群孩子有时候很不好对付。

不过，时不时地，我们班会来一个好老师。继学前班的尖嗓门海雅特太太和一年级的问答节目爱好者格罗斯先生之后，崔西太太像一阵清风吹进教室。她是我们二年级的老师。

她发现我喜欢读书，于是弄来一副耳机，让我听起了 CD 上的有声读物。她一开始给我听幼儿读物，苏斯博士系列什么的，两岁的时候爸爸就和我一起读过了。我把那些东西扔到地上，这么几次之后，崔西老师不但没惩罚我，而且琢磨出来我是想要听点高级的。

我听完了“俏保姆俱乐部”系列和“鸡皮疙瘩”系列的全套丛书。一本书听完之后她会问我问题，每个问题我都答对了。比如说：“哪一样东西帮忙解开了神秘谜团？”然后她给我看一颗鹅卵石、一只海星还有一支墨水笔。当然，答案是鹅卵石。我答完所有的问题之后，她会大声喝彩，然后让我听另一本。那一年我听完了全套碧弗利·柯利瑞系列，还有大篷车上的那帮孩子的所有故事。真是棒极了。

可接下来的一年，这些乐事全都变为泡影。我知道老师每年都要写班级记录，留给下一任接手的老师，让他们了解情况。可要么崔西老师没写，要么就是我们的三年级老师比拉普斯太太压根儿没看那些记录。

比拉普斯老师每天都播放她最喜欢的 CD 作为一大清早的序曲，我讨厌那些歌。《王老先生有块地》、《一闪一闪小星星》、《小小蜘蛛》——都是还不会唱歌的小孩唱的，大人们觉得这类音乐很是可爱，其实糟透了！

比拉普斯老师放上音乐——音量全开——没有一天早上不这样，一遍一遍又一遍。难怪我们总是满心烦躁。

把这洋铁锅一样吵吵嚷嚷的歌儿放上之后，比拉普斯老师就开始教字母表，从头到尾，每天如此。而我们已经三年级了！

“好,孩子们,这是‘A’。多少同学会跟着读？‘A——’很好！”

就算班上没人出声，她也会微笑着说“很好”。

我想知道她要是教体格健全的三年级学生，也会这么教吗？多半不会。我想得越多就越生气。

“现在我们接下来学 B。这个字母是 B。来，我们一起念，‘B——’很好。”

还是一阵沉默。她似乎根本不在意。我满怀渴望地瞟了一眼有声书和耳机，这些东西已经被塞到角落去了。

有一天，我觉得真的忍无可忍了。比拉普斯老师变本加厉，不光教字母，还教起了每个字母的发音方式。

“毕——”她大声说，喷出了几点唾沫星，“字母 B 的发音是‘毕’。我们一起说，孩子们，‘毕——’”

接下来，永远好心情的玛丽亚开始乱扔彩色蜡笔。威利开始嘟嘟囔囔，我发出了吼叫声。

也许我是说不出清楚的话，可我能发出的声响还真不少。

我尖叫，因为我讨厌十足的蠢事。

我尖叫，因为我说不了话，不能让她闭嘴！

我哭了起来，因为我永远也没办法告诉任何人我到底在想什么。

于是我大声喊叫、尖声号哭。我哭得像个两岁小孩，怎么也停不下来。

然后我的龙卷风爆发了。我乱挥着胳膊腿，几乎完全发了疯，我踢腿的劲儿太大，鞋子都从轮椅的脚带里滑出来了。这让我歪到一边，于是我的尖叫声更响亮了。

比拉普斯老师不知如何是好。她想让我平静下来，可我不愿意平静。生活老师也拿我没办法。吉尔和玛丽亚哭了起来，就连那天穿着一身嫩黄的阿什丽也显得心烦意乱。弗莱迪驾驶着轮椅连连转圈，有点害怕地斜着眼偷看我。卡尔嚷嚷着要吃午饭，然后又拉在裤子里了。整个班都失控了，而我一直尖叫个不停。

老师叫来了校长，校长安东妮太太打开门之后，瞪大了眼睛。她只看了一眼事态，就说“打电话叫她妈妈”，然后以最快的速度消失得无影无踪。

很快老师就拨通了我妈妈的电话。“布鲁克斯太太，我是美乐笛的老师，安娜塔西娅·比拉普斯。您能立即到学校来一趟吗？”

我知道妈妈一定很担心我是不是病了，受伤流血了，还是死了。

“不，她没生病，她很好，我们觉得。”比拉普斯老师用最一本正经的教师口吻说，“我们只是没法让她停止尖叫。她把整个教室都闹翻了天。”

我能想象妈妈在电话那头极力猜测发生了什么事。还好，今天她轮休。我知道她几分钟后就会出现，于是逐渐平静下来，最终闭上了嘴。其他的孩子也安静下来，就好像有人把电源开关关上了似的。

“王老先生”继续欢唱。

妈妈来得比我想象的还要快。我看到她穿着牛仔裤和脏兮兮的休闲衫，知道她一定是扔下了手里的一切事情，跳上车就来了。她跑到我身边，问我出了什么事。

我深吸了几口气，还有点发抖，然后指着对话板上的字母表，发出几声沮丧的尖叫。

“是因为字母表？”妈妈问。

是，我指道，然后用力反复敲这个字。

妈妈转向比拉普斯老师。“孩子开始尖叫之前，您在教他们什么？”

比拉普斯太太用那种穿着高级红色职业套裙的教师对穿

着脏T恤的家长说话的优越腔调回答道："我们在复习字母表。字母B的发音，如果我记得没错的话。我总是从基础知识开始。这些孩子们需要经常复习，因为他们不像我们一样能持续记忆信息。"

妈妈开始有点明白了。"也就是说您在教ABC？"

"正是如此。"

"现在二月了。"

"对不起，您说什么？"

"八月份开学。已经开学六个月了，您还没讲完字母B？"妈妈的拳头握紧了又松开。我从来没见过妈妈打人或东西，但看到她做这个动作，我总忍不住想她会不会打人。

"你有什么资格管我怎么上课？"老师愤怒地问。

"你又有什么资格用这种无聊的活动折磨孩子？"妈妈针锋相对。

"你怎么敢这么说！"老师喘着气说。

"我什么都敢，为了我女儿，还有其他孩子！"妈妈回敬，她的嗓音里带着危险。

"你不明白……"老师开口说。

妈妈打断了她。"不，比拉普斯老师，不明白的人是你！"妈妈似乎在努力平息自己的怒气，她接下来说，"是这样的：有没有过这样的时候，您对自己说'如果他们还播那个愚蠢的电视广告，再播一次，我就要尖叫了'？"

比拉普斯老师慢慢地点了点头。

“或者，‘堵车堵得水泄不通，再这么坐上五分钟，我就要爆发了’？”

“我想有过吧。”她承认。

“瞧，我觉得这就是美乐笛的情况。她对自己说：‘要再复习一遍那些字母，我就要尖叫了。’于是她尖叫了。我觉得真的不能怪她，您说呢？”

比拉普斯老师看看我妈妈，再看看我。最终她说：“您这么一解释，我也觉得不怪她。”她的语气跟妈妈一样平静了。

“美乐笛认识字母表，所有的字母、所有的发音都知道；熟练认识好几百个词，还会心算加减法。我们上次家长会的时候已经讨论过这些了，不是吗？”我可以听出来，妈妈正在尽量控制怒火。

“当时我觉得您夸张了。”老师说，“像他们这种孩子的父母经常会有些不现实的看法。”

“如果您再说一次‘这种孩子’，我会尖叫的！”妈妈警告说。

“可美乐笛确实在身体和心智上有局限，”比拉普斯老师争辩说，我猜她拼命想让妈妈摆正自己的位置，“您得学会接受这一点。”

她遭到了还击。“美乐笛不能走路，不会说话。可她非常聪明！您最好学会接受这一点！”妈妈气势汹汹。

老师后退了一两寸。

“您没看过她去年的记录吗？”妈妈质问，“美乐笛喜欢听有声读物。”

“我想尽量以开放的心态去接触每个孩子，不被其他老师的成见影响。所有的记录都装在一个盒子里，不知搁哪儿了。”

“也许您应该去找到那个盒子。”妈妈说，她紧紧地咬着嘴唇。

“哼，我偏不！”比拉普斯老师反击。

“也许那就是您自己的问题了。”妈妈答道，咧嘴一笑，然后她侧过头，望着CD机，“哦，还有一件事。我能看看您正在放的那张绝妙的CD吗？”

“当然。”比拉普斯老师露出了点微笑，“孩子们非常喜欢。”

“是吗？”妈妈问。

老师从机器里取出那张CD。

一闪，一闪，安静了。

威利大声叹了口气。

妈妈接过CD，在包里翻找了一会儿，掏出一张五美元的钞票给了比拉普斯老师，然后利索地把CD啪地一下掰成两半。

“听这音乐简直是受刑，不是一般的残酷！”

弗莱迪和玛丽亚欢呼起来。

葛洛莉亚小声说："谢谢。"

有那么一会儿，我简直要同情比拉普斯老师了。她看起来完全糊涂了。她实在搞不懂。

妈妈走到教室另一头的水槽边，打开热水龙头，把一沓纸手绢浸湿，然后回到我身边，用温热的湿巾轻轻擦我的脸。这让我舒服极了。然后她又给我梳好头发，调好了轮椅上的安全带，飞快地抱了我一下，回家去了。

春假过后，比拉普斯老师辞职了，于是我们迎来了一个又一个代课老师，直到这一学年结束。我想，她原本一定以为教比她还要笨的人很容易吧。

可惜她错了。

第八章

很长一段时间，家里只有我、妈妈、爸爸，还有我的金鱼欧利。欧利是我五岁那年得到的，养了差不多两年，然后它死了。我猜这对金鱼来说已经很长寿了。除了我，没人知道欧利的名字，不过没关系。欧利是有一次老爸带我去狂欢节时得的奖品。我觉得欧利的生活比我还要惨。

它住在一个圆形鱼缸里，放在我房间的桌子上。缸底铺了一层粉红色的小石头，还有一截塑料做的假木头，卡在石头之间。我猜这么布置的本意是让它看起来像海底，可我觉得不管是湖还是海里都不会有那种颜色的石头。

欧利整天都在这个小小的鱼缸里转着圈儿游，从假木头底下钻过去，然后接着转圈儿。它总是朝着同一个方向游，只有老妈每天早晚往鱼缸里扔几粒鱼食的时候才改变路线。我看着它大口大口吞下鱼食，然后拉出来，然后再转着圈子游啊游。我为它感到难过。

我至少还能到外面去，去商店、去学校，而欧利就只能整天转圈圈。我不知道鱼到底睡不睡觉，不过，不管我半夜什么时候醒来，总能看到欧利还在游，小小的鱼嘴一开一合，好像想说什么。

我快满七岁时的一天，欧利从鱼缸里跳出来了。当时我在听收音机里的音乐（老妈终于弄明白我喜欢乡村－西部音乐电台），心情很好。音乐听起来带点橙色和黄色，仿佛有阵阵微弱的柠檬气息围绕着我。我看着欧利一如往常在鱼缸里转着圈子游来游去，觉得轻松愉快，怡然自得。

但是突然之间，不知道为什么，欧利一头扎到缸底，又冲上水面，然后奋力一跃，跳出了鱼缸。它摔在桌面上，喘着气、扑腾着，我敢保证它发现自己不能呼吸，一定吃了一惊。它的眼睛凸了出来，两边的鳃剧烈地一开一翕。

我不知所措。它离了水就活不了，很快就会死，于是我大叫起来。妈妈应该在楼下，也可能在外面取邮件，可她没有马上露面。我又喊了起来，声音更大了。我哭了，大喊，尖叫。欧利还在扑腾喘气，看起来已经快不行了。欧利需要水。

我又狂喊了一声，妈妈还是没有跑上来。她在哪儿呀？我知道我得做点什么，于是我把身子往桌子那边靠，尽量伸长胳膊。我差不多刚刚能够到欧利的鱼缸。我觉得如果给欧利一点水，至少一丁点儿，也许就能救活它。我用手指钩住鱼缸边缘，使劲一拉，水溅得到处都是——桌子上、地毯上、我身上还有欧利身上。好像有短短一两秒钟，它扑腾得没那么厉害了。

我接着大声哭喊。最终，我听到妈妈上楼梯的重重的脚步声。她走进门，看了一眼一团糟的屋子和垂死的小金鱼，嚷道:“美乐笛！你都干了些什么呀？为什么要把鱼缸打翻？你不知道鱼离了水就活不了吗？”

我当然知道。我又不蠢。要不然她以为我为什么拼命尖叫把她喊来呀？

她急匆匆走到乱七八糟的桌前，捧起欧利，轻轻地把它放回鱼缸，然后跑到浴室，我听到她放自来水的声音。可我知道，太晚了。

也许是因为离开水的时间太长了，也许是因为浴室的自来水温度不合适，欧利没挺过来。

妈妈走回来，又责备了我一番。“你的金鱼没活过来，美乐笛。我真搞不懂。你为什么要这样对待可怜的小鱼？它在它的小天地里本来挺快乐的。”

我在想，有没有可能，也许欧利其实根本不快乐？也许它厌烦透了那鱼缸、那木头，厌烦在那儿转圈子。也许它就是再也无法忍受了。我有时候也有这种感觉。

我没办法向妈妈解释发生了什么事。我真的尽了力，想救欧利。我扭过头不看妈妈。她很生气，我也生气。要是她不那么姗姗来迟,欧利也许能活下来。我不想让她看到我哭。

妈妈叹了口气，把桌前的一片凌乱收拾好，留下我和我的音乐，还有桌子上一块空荡荡的地方。色彩消失了。

之后很长时间，我都没有心情再养别的宠物。我八岁生日那天，老爸抱着一个大盒子进了家门，盒子在他手上似乎有点拿不稳。他把盒子放在我面前的地板上，刚一放下，就从里面蹿出来一道金黄色的闪光，扭来扭去的，可爱极了。一只小狗！一只金毛寻回犬！我高兴得又是尖叫又是顿脚。一只小狗！

这只小不点的小狗在屋里笨拙地四处乱跑，每个角落都跑过去闻一闻。我看着她的一举一动，立刻就喜欢上了她。小家伙探索完了每一条桌子腿和所有的家具之后，站定了，确认我们都在看她，于是慢条斯理地蹲下来，在地毯上撒了泡尿！妈妈叫喊起来，但马上就停下了。就那么一声，小狗就知道了妈妈是一家之主。

她跑来考察了一下爸爸的光脚丫，但对妈妈敬而远之。妈妈正想方设法用纸巾和厨房里那种清洁喷剂把这一小块尿迹泡掉。最后，小狗围着我的轮椅转了一圈又一圈，好像拼命想弄明白这是个什么东西。她嗅嗅轮椅，嗅嗅我的脚和腿，朝我看了一分钟，然后轻巧地一纵身，熟练地跳上我的膝盖，简直好像已经这么做过一万次了。我屏住呼吸，不敢打扰她。然后，哇，哇，哇噢，她挪来挪去挪了三次，给自己找了个舒服的姿势。我想她发出了一点声响，像是满意地舒了口气。

我知道自己也舒了口气，摸着她柔软的小脑袋和脊背，动作尽可能轻点，再轻点。

是我给她起的名字。爸妈提了不少建议，都是些笨名字，什么“毛球”、“咖啡”之类的，其实我第一眼看到她就知道该叫她什么名字了。我指着桌子上的糖罐，那里面装着我最最心爱的糖果——焦奶油糖。这种糖很软，入口即化，所以我可以不用嚼，而且啊，这糖好吃得不得了！

“你想叫她糖糖？”爸爸问。我摇头否认，摇得很轻，怕把睡着的小狗弄醒。

“焦糖？”妈妈问。

我又摇了摇头。

“我们干吗不叫她臭臭呢？”爸爸坏笑着提议。妈妈和我都对他怒目而视，我继续指着糖罐。

最后，妈妈说：“我知道了！你想叫她奶油糖？”

我激动得想尖叫，但我忍住了，强迫自己镇定，因为怕乱动起来让小狗从我腿上掉下去，我忍得好辛苦啊！“呃。”我轻声说，继续抚摸小狗的毛。她的毛像丝绸一样，我从来不知道有什么东西能这么柔软。而且她完全属于我。这是我有生以来最好的生日礼物。

奶油糖每天晚上都在我的床头睡觉。她简直好像读过好狗行为守则似的：只有家里来了陌生人的时候才汪汪叫；从来不在房子里大小便——小奶狗才那么干呢，奶油糖已经是大姑娘了。还有，她让美乐笛开心。奶油糖不在乎我不能跟她说话——她知道我爱她。她就是知道。

奶油糖来我家几个月之后，有一天，我从轮椅上摔下来了。这种事时有发生。妈妈喂我吃了午餐，带我上了厕所，然后推着轮椅送我进了我的房间。奶油糖一路小跑地跟在后面——她从来不在前面挡路，但永远都紧跟在我身边。妈妈帮我往碟机里放了张DVD，把我的手摆在可以按到快进和快退键的地方，可她没注意到我的安全带没扣上，我也没注意。

她上上下下跑了几趟楼梯，搬了好几堆要洗的东西，因为我很容易把衣物弄得脏乱不堪。我估计她开始准备晚饭了，炖西红柿酱的浓郁香气从楼梯飘上来。妈妈知道我喜欢吃意大利面。

她从门口探出头来看我在干吗，然后说："我要去躺下休息几分钟，美乐笛。你自己待一会儿没问题吧？"

我点点头，抬起胳膊指向门，告诉她尽管去吧。我的电影正要演到精彩部分。奶油糖蜷起身子坐在我的轮椅旁边，她已经长大了，我的膝盖上趴不下了。于是妈妈给了我一个飞吻，关上门出去了。

这个电影我其实已经看过一万遍了——《绿野仙踪》。我想全世界大部分人都能背出这部电影的片段——不需要特别聪明——因为这类电影有线频道总是反反复复地重播。

不过我记得里面的每一个字。多萝西还没开口，我就知道她要说什么。“托托，我觉得我们现在已经不在堪萨斯城了。”看到这里我微笑起来。我从来没去过堪萨斯，也没去过奥兹国，任何离家几英里之外的地方都没去过。

虽然我知道剧情，不过，放到铁皮人随着“如果我有颗心”的音乐僵硬地跳起舞来的那段时，我还是爆笑起来。我笑得太厉害，结果身体突然往前一冲，然后我就发现自己趴在地板上了。

奶油糖当即跳了起来，在我身上嗅来嗅去，确定我没受伤。我没事，可没办法爬起来回到轮椅里。更糟的是，我要错过小胆狮子被多萝西一拳打在鼻子上那段了。我开始考虑妈妈要小睡多久。

我没有像欧利从鱼缸里蹦出来那次那样尖叫。我并不难过，只是有点不舒服。我想翻个身，可摔到地上的那个姿势让我很难翻身。如果趴在那儿也能看到电视的话，我在地板上倒是能安稳地待上一会儿，奶油糖是个不错的枕头。

可奶油糖跑到门口去了，门关着，她在门上挠呀挠，我能听到她的爪子划破木头的声音，爸爸要是看到了保准不会高兴的。妈妈没来。于是奶油糖汪汪叫起来——开始是试探性的几声短吠，然后声音越来越大，越来越急迫。最后，她跳起来，整个身体往门上撞，发出巨大沉闷的声响。她叫一阵，撞一阵，叫一阵，撞一阵。这么大的动静妈妈不可能听不见。

我很确定只过了几分钟，但感觉上好像是很长一段时间。妈妈出现在门口，看起来晕头晕脑的，头发乱七八糟。“出了什么事了？”她问，然后就看到了我，“哦！美乐笛，宝贝！你没事吧？”她跑到我身边，坐在地板上，把我抱到她膝盖上。

她把我从头到脚检查了一遍——胳膊腿、脊背、脸、脑袋，甚至舌头。我想告诉她我很好，只需要把我放回轮椅里就成了；可她非要做妈妈的分内事，检查了又检查。

“奶油糖，你真是个好姑娘，好样的！”妈妈抚摸着小狗说，又把我抱得紧紧的，“今晚的狗食加倍！”

我敢肯定奶油糖更想要一块大大的肉骨头，可她也不会说话。于是我的狗和我自己都只好乖乖地给什么就要什么。妈妈小心地把我放回椅子上，检查了我的安全带，确认它扣好了。奶油糖在我脚下蜷起来、趴在轮椅的正前方，我猜，她是想如果我再滑下去，她会在那儿垫一垫，让我摔得不疼。这只狗真是叫人不可思议。

妈妈从头开始重新播起影碟，可不知为什么，那条黄色的砖块路的魔法光芒似乎消失了一些。没有人真的能让大魔法师奥兹帮他实现愿望。

我一边看，一边想，如果我带着我的狗被大风刮到了奥兹国，我们会向魔法师要求些什么呢？

让我想想。头脑？我够聪明了。

勇气？奶油糖什么也不怕！

一颗心？我们有很多颗心了，我和我的狗狗。

那我会要求什么呢？我希望能像小胆狮子那样唱歌，像铁皮人那样跳舞。虽然他们俩唱得跳得都不怎么好，但我要是能做到那样，就已经足够了。

第九章

我八岁的时候，一切都变了。

妈妈要有小宝宝了，我觉得这件事我比她自己还知道得早。她闻起来不一样了，像新肥皂的气味儿。她的皮肤变得更柔软更温暖。

一天早上，她把我从床上抱起来，结果差点让我又摔回床上。“哟！”她说，“你现在重得很啊，美乐笛。我得开始练举重了！”她的额头都出汗了。

我可不觉得我重了，发生变化的是妈妈。她在我床边的椅子上坐了一会儿，然后突然往房间外面跑去。我听到她在浴室里呕吐，几分钟之后她回来了，脸色发白，呼吸中带着漱口水的气味。“我一定吃坏东西了。”她一边喃喃自语一边给我穿衣服。可我觉得那时候她已经知道了。我敢肯定，她给吓着了。

妈妈最终搞清楚状况之后，她坐在我身边，向我宣布这个大新闻。“美乐笛，我要告诉你一件好事儿。”

我尽最大努力装成好奇的样子。

“你很快就要有个小弟弟或者小妹妹了。”

我咧嘴笑起来，尽量露出惊讶和兴奋的样子，伸出胳膊来抱住妈妈。然后我轻轻拍了拍她的肚子，指着我自己。她知道我的意思。

她认真地看着我的眼睛。“我们要祈求上帝保佑肚子里这个是个健康的胖娃娃。”她对我说，“你知道我们爱你，美乐笛——你是什么样子我们都爱你。但我们希望这个孩子不用像你一样面对那么多困难。”

我也是。

从那时起，她让爸爸负责抱我。尽管她再也没有当着我的面提起，我还是知道，她很担心。她吞下大把大把的绿色维生素片，吃很多很多新鲜橙子和苹果，还养成了个新习惯：一边摸着凸起的肚皮一边咕咕哝哝地祈祷。我可以看出来，爸爸也有点吓着了，但他的担心体现在一些古怪的细节上：比如给妈妈买来大捧的紫色鸢尾花——那是妈妈最喜欢的花，又比如给她准备一大堆葡萄口味的“酷爱”饮料，或者大盘大盘的葡萄。我不知道妈妈为什么突然喜欢起了紫色的东西。

我本来应该在没完没了地看“发现频道”，可我发现自己在房间里盯着空白的电视屏幕，陷入了沉思。

我知道，新生的婴儿需要很多时间去照料。我也知道，照顾我也很花时间。爸妈怎么能有时间同时照顾我们两个呢？

然后，一个真正恐怖的念头突然出现在我脑海里。假如他们决定考虑巨医生的建议，那可怎么办？我没法把这个念头赶走。

离宝宝出生还有一两个月的一个星期天下午，我蜷在沙发上打盹。妈妈怕我滚下来，在我身旁放了好些靠垫。奶油糖趴在旁边小睡，爸爸最喜欢的爵士电台正在播放慵懒的萨克斯。爸妈坐在小一点的那张沙发上，轻声说话。他们肯定以为我睡着了。

“要是……怎么办？”妈妈的声音很紧张。

“不会的。可能性非常之小，亲爱的。”爸爸答道。可他的语气却有些缺乏信心。

“我快受不了了。”妈妈说。

“你会坚强起来的。”爸爸沉着地说，“而且，这是不可能发生的。概率是……”

“可要是万一呢？”妈妈打断他，不依不饶地问。接着，妈妈哭了。这是我记忆中她第二次哭。

“一切都会好的，”爸爸说，想方设法安慰她，“我们得往好处想啊。”

“这都是因为我。”妈妈小声说。

我竖起耳朵，更加使劲偷听。

“这话从哪儿说起？”爸爸问。

“美乐笛成这样，都是我的错。”妈妈这时候已经哭得稀里哗啦，我简直听不清她说什么。

“黛安，这太荒唐了！你不能总让这种负疚感压在心上。发生这种事是没有理由的。”我能听出爸爸想尽量保持理智。

“不对，我是母亲呀！”她哭着说，“把孩子安全地带到世界上来是我的职责，可我给弄砸了！这世上每一个女人都能生出正常的孩子，所以一定是我出了什么毛病！”

“亲爱的，这不是你的错，不是你的错。”我能听到爸爸把妈妈拉到怀里。

“可是，查克，我真害怕这个孩子也会有问题！”她声音颤抖地说。

“千万别这么说——想都别这么想，”爸爸喃喃地说，“从概率来看，能有多大可能性？两个孩子都……”

我突然听不见他后面的话了。因为我的脑袋突突跳着，充满了我想说却说不出来的话。

我想告诉妈妈，她这么伤心害怕，我很难过。

我想告诉她，这不是她的错。

我想说，我本来就是这个样子，不是她的原因。

最让我伤心的是，这些话我全都没法让她知道。

在妈妈整个怀孕期间，父母对我的关心一点都没有改变，尽管我得承认，我之前的确担心他们会不那么关心我了。妈妈的预产期快到了，爸爸干的活越来越多。他有时候洗衣服，大部分时候是他做饭，所有搬运重物的活都是他干。爸妈每天早上送我按时去学校，每天晚上给我读故事，我们一家三口满怀希望，一边等待一边祈祷。

然后，佩妮出生了，完美无缺，像铜板一样闪闪发亮，正合了她的名字[1]。她从医院回到家的那一刻起，就是个不折不扣的开心宝宝。妈妈真是给家里带回了一个包在小襁褓里的快乐之源。

不过，我猜，新生宝宝对任何父母来说都是很艰难的，尤其是家里已经有了一个我这样的孩子。有时候他们会争吵，我在房间里隔着墙也听得见。

“查克，我这儿需要帮把手。”妈妈会尽量小声地说。

“我说，你的注意力全在孩子身上，都忘了我了！”

“你要是能多帮点忙，我就有时间看你了！两个孩子要照顾，美乐笛又是这样，你以为容易吗？”

“我得上班啊，你又不是不知道！”

“我也有工作的！别拿这个来责备我。再说，我每天晚上还得起来喂两次奶！”

“我知道，我知道。对不起，黛安。”到最后总是爸爸服

[1] 佩妮（Penny）的名字意为一分钱硬币，铜板。

软，让妈妈赢。

“我只是这段时间太累了。”妈妈压低了声音说。

“对不起。我会表现好些的，我保证。我明天就请假，照顾两个姑娘。你可以去看场电影，或者和瓦伦西亚太太一起出去吃个午饭。”

于是外面又安静下来了。可即使如此，不知怎的，我总是感觉到一丁点儿愧疚。如果他们只有一个孩子——健康正常的孩子，生活肯定会轻松些。

我有一次收到的圣诞礼物是个电动娃娃，按一下按钮就会说话、会哭，还会动胳膊腿的那种娃娃。可我们打开礼物盒子之后，发现它的一条胳膊已经掉下来了，而且不管按哪个按钮，那娃娃都只会啾啾叫。妈妈把它拿回商店，退了钱。

我想知道，妈妈有没有想过，希望能把我也退掉。

可是佩妮呀！佩妮真是个再好不过的小宝贝。没过几个月，她就晚上睡一整夜，白天笑一整天。普通婴儿差不多该会坐的时候，佩妮就能坐起来了。到了该翻身的时候，她就会翻身，该爬的时候，她也学会了爬。不可思议。而且这一切她都学得轻而易举！当然，她也摔过几次大马趴，不过只要她掌握了一个动作，就不会再出问题了。

佩妮像个小小的发条玩具一样到处乱跑。她发现了马桶里的水很好玩，可以弄得水花四溅；如果扯台灯的线，它就会掉下来。她知道了金毛寻回犬不是小马，豌豆的味道很奇怪，地板上的死苍蝇是“不不”，而糖果真是好吃极了。她总在笑。她也明白了姐姐美乐笛做不到她能做到的事情，但她似乎并不在乎。于是我也尽量不去在乎。

爸爸端着便携摄像机整天跟在佩妮屁股后头，简直跟狗仔队追踪摇滚明星一个样！他已经拍了几百个小时佩妮各种可爱各种能干的录像。好吧，我承认，每次她学会了新本领，看她的新录像有时候让我有点烦了。看一个小婴儿做各种你希望自己能做到的事，感觉真的不太好。

佩妮自己拿着奶瓶。

佩妮坐在宝宝高脚椅上，自己从托盘里拿脆麦圈吃。

佩妮说“妈——妈”，“爸——爸”，那声音跟《芝麻街》里的宝宝说话一模一样。

佩妮在地板上爬来爬去追奶油糖。

佩妮学会了拍手。

她的小脑袋怎么学会如何指挥身体爬起来变成直立的姿势？怎么学会扶着沙发保持平衡？她怎么知道如何才能站着不倒？有时候她也摔倒，可马上就爬起来了。她从来没有躺在那儿，像只四脚朝天的海龟一样动弹不得。

爸爸还是每天晚上给我们读书，可现在依偎在他怀里的是佩妮。我个子太大了，不容易保持平衡，所以我坐在轮椅里，小狗在我脚边，看爸爸和佩妮一起读那些我已经烂熟于心的故事。奶油糖还是只在我屋里睡，这点我喜欢。

我知道佩妮在学着读我以前心爱的那些书，这让我真的很高兴。我有时候想，她是不是也把书里的字都记下来了呢？多半没有。她也不需要这么做。

我记得佩妮会说的第三个词是“笛笛”。她还不太会说“美乐笛”，可她学会了最后一个字！妈妈每天早上给佩妮洗完澡后，会把她放到我床上，我真喜欢这段时光。她会抱着我，在我脸上印满湿乎乎的、带着婴儿爽身粉气味的吻。“笛笛！”她说了一遍又一遍。

佩妮一岁的时候学会了走路。她摇晃着两条小胖腿在房子里到处跑，经常摔跤，一屁股坐在地上。每次摔了屁墩儿，她都笑坏了，然后爬起来再故意摔一次。

这是我永远也没机会尝试的。

家里有了两个孩子，许多惯例就改变了。每天早上把全家人收拾利落要花两倍的时间。妈妈一定要给佩妮穿上漂漂亮亮的全套小衣服，哪怕她只是去隔壁V阿姨家。

我的衣服也还好，可我发现近来我的衣服更偏重实用而不是好看，妈妈给我选择衣服时似乎变成了以方便穿脱为准。这当然叫人失望，但我知道我越来越重，要把我抱起来换衣服也越来越难了。

也许我应该说说喂我吃饭的事，这也是个大工程。我没有多少咀嚼能力，所以大部分时候我得吃软的东西，像炒鸡蛋、燕麦粥或者苹果泥什么的。我拿不住叉子和勺子——

我尽力了，可总是掉下来——所以必须有人把吃的送进我嘴里，一次喂一勺。这样很慢。

喂一勺，吸进去，咽下肚。

喂一勺，吸进去，咽下肚。

经常会有很多食物掉在地板上，奶油糖十分欢迎。它就像个吸尘狗。

喝水对我来说也是件难事。我拿不住杯子，也没法用吸管，因此必须有人非常小心地把杯子端到我嘴边，倾斜，倒一丁点儿水到我嘴里，让我吞咽。如果倒得太多，我就会呛着、咳嗽起来，于是只能重新来。伺候我吃一顿饭要花很长的时间，而我讨厌这整个过程，原因显而易见。

有时候，早上充满紧张气氛。

“查克！能不能从装干净衣服的篮子里把美乐笛的粉色T恤拿来？她把果汁全洒衣服上了！”妈妈冲楼上嚷嚷。

“你没给她戴个围嘴吗？”爸爸嚷嚷回来，“你知道她会弄得一团糟！干吗不等她吃完早饭之后再换衣服？”

“你是让我给她光着身子喂饭吗？把衣服拿来就是了！”妈妈生气地说，“还有，给佩妮拿个纸尿裤，她拉臭臭了。”

“她都两岁了——可以开始训练她坐便盆了吧？”爸爸一边下楼一边问，一手拿着一件我已经穿不下了的蓝T恤，一手拿着纸尿裤。

“完全正确，今晚就训练——用我这一天的第二十五个小时！”

爸爸把佩妮举起来。“哟嗬，这次可了不得，”他把鼻子皱起来说，“你昨晚又给她吃甘薯了？我以为我们已经说好不给她吃那个了，老让她拉肚子。”

“那是啊，要是你老先生昨天听我的去了食品店，我就能给她弄点别的吃了！而且那件衣服是蓝的，不是粉的，美乐笛已经嫌小了！”

妈妈气呼呼地冲出厨房，上楼去了。

“对不起，姑娘们。”爸爸对我们说。他轻轻吹了声口哨，开始清理佩妮的小屁股，威胁说要打电话叫危险品应急小队了。真好笑。

然后他接着给我喂完了早餐，本来就沾了果汁的衣服上又弄得到处都是燕麦粥，他也不在乎。“干吗不呢？还不如干脆弄得一团糟，费这么些劲也值了！”他哈哈笑着说。

我也对他笑起来，把燕麦粥往轮椅托盘上一抹。

妈妈回来了，化好了妆弄好了头发，神清气爽，带着焕然一新的微笑，手里拿着我的粉红色 T 恤。她和爸爸在厨房里拥抱了一下，两人都深吸一口气，我们全家最后居然也准时出了门。

这样的早上在我们家经常上演。

第十章

佩妮每天早上一醒来就要她的“嘟豆”，那是个软软的棕色绒毛玩具，可能是只猴子，也可能是麻雀，因为太破旧了，没人知道它到底是个什么动物。佩妮走到哪儿都带着它。如果它裹在被子里拿不出来，佩妮就大叫：“嘟豆！”有时候它就在旁边，佩妮也大叫：“嘟豆！”当然，她说的话听起来更像“嘟嘟”[1]。这让老爸笑死了。

我听到门外的脚步声，忍不住笑起来。脚步声有的大，有的一丁点儿小。那是妈妈和佩妮。当然，还有嘟豆。有时候因为整晚上都保持一个姿势，我胳膊腿发僵，有时候脚趾阵阵刺痛。我的卧室门打开了，嘎吱一声——爸爸一直没时间来把嘎吱作响的地方修好。

妈妈的一根手指头沿着我的脸颊滑过，也许她想检查一

[1] “嘟嘟”（doo-doo）在英语俚语中是大便的意思。

下我是不是还有气儿。当然有。我睁开眼睛，真希望自己能说，早上好。可我只能咧嘴一笑。她把我拉起来，抱抱我，再也不用坐在床边的摇椅上歇口气了，而是急急忙忙把我送到厕所去，因为通常我都快憋死了，这是早上最着急的一件事。

佩妮像个小尾巴一样跟在我们后面，戴着顶红白相间的大帽子，跟《帽子里的猫》那本书里的很像——这姑娘对帽子有巨大的热爱，当然她还总拿着嘟豆。奶油糖从来不离开佩妮身边太远。她让佩妮往她头上左一顶右一顶地扣帽子，甚至还能忍受佩妮的拥抱，有时候那根本就是勒脖子。我被勒过好几次！如果佩妮太靠近电源插座或者家里的大门，奶油糖就会汪汪叫，提醒爸妈。

我们家的洗手间漆成海蓝色，很宽敞，能装下佩妮、奶油糖、我和妈妈，还有我的轮椅，一点不觉得拥挤。这是件好事，因为我们会在里面花上很长时间。佩妮和我都很容易弄出大乱子。不过至少我不用穿纸尿裤。上厕所得有人帮忙已经够糟的了，至于纸尿裤？唠！

尽管医生都说不可能，我到三岁的时候，妈妈已经训练我学会了坐便盆，像其他跟我同龄的孩子一样。我讨厌穿着脏尿裤，妈妈讨厌换脏尿裤，因此我想出了个方法，告诉她我要上厕所了，她就会马上把我送到厕所去。

妈妈和我有时候不用语言就可以谈话。我指指天花板，她就知道我说的是吊扇，还是月亮，还是上次下暴雨的时候漏水留下的那个黑印子。她可以看出我是不是伤心，也能感觉出我什么时候需要一个拥抱。我紧张、烦躁的时候，她轻抚我的背，让我放松下来。她有时候还趁爸爸不注意讲黄色笑话，我们俩都乐疯了。

有天早上，她给我换衣服准备去上学，我指指她的肚子，然后捂住眼睛，做出“我都看不下去了”的样子。那时候佩妮刚出生不久，她的肚子还颇有规模。

“你在说我胖？”她假装生气。

我轻轻笑起来，说：“呃。”这是我能发出的最接近“对”的声音。

“你得收回！”老妈说着，挠起了我的脚心。

可我呢，伸出胳膊比了一个大圆圈，笑得很大声。好胖！水桶腰！像头大象！我可以看出来，她知道我在想什么。

我们都捧腹大笑，然后她紧紧地抱住我。我真希望能告诉妈妈我爱她。

妈妈知道我什么时候饿、什么时候渴，是要牛奶还是想喝水。她可以看出我是真生病了还是装病，因为有时候我确实会假装不舒服，就为了在家待一天。她只要摸摸我的额头就知道我发烧没，至于体温计，那只是为了证明她的判断没错才用的。

有时候我也可以看得出她在想什么。每天，她在医院上完一天班，然后做晚饭，然后给佩妮和我洗澡，把我送上床，所有这些做完之后，我能看出她已经筋疲力尽了。她的呼吸声很重，额头在冒汗。我有时候伸出手去碰碰她的手，可以感觉到她静了下来，然后她会用手指轻轻抚摸我的脸颊，就像早上那样，最后亲我一下道晚安。

每个星期天上午，喂我吃过早餐之后，妈妈边喝咖啡边看报，佩妮坐在婴儿高脚椅上，把香蕉在托盘上捣得稀巴烂。奶油糖不喜欢水果，但她守在边上，希望谁不小心掉下来一片熏肉。妈妈周末不上班，可以休息。她有时候给我读报上的文章，告诉我最近哪儿刮了飓风，或者世界上什么地方又暴动了，什么地方发生了爆炸。

“中东还在打仗。”她说。

我在电视上看到了，炸弹、眼泪还有恐惧的面孔。

“很快要上映新的超人电影了。”她一边看一边把报纸抖平，“也许我们能去看个下午场。”

我喜欢超级英雄。我猜超人是我最喜欢的，因为他会飞。那可有多了不起啊！

妈妈还给我读漫画版。我喜欢加菲猫。

“加菲又偷吃了。”妈妈说，“它吃了乔恩的意大利烤千层面和欧迪的肉丸。”

我笑起来，指着老妈的屁股。

“你又说我胖了，笛笛小姐？就因为昨晚我吃了你剩下的意大利面？”

我咧嘴一乐。

“等我开始给每个人吃生菜叶当午餐，你就后悔吧！”

我们都笑了。妈妈其实一点都不胖，但我喜欢拿她开玩笑。

我十岁生日时，得到了一大本加菲猫的漫画作为生日礼物——呀，我兴奋得要命！我让爸爸给我读了一遍又一遍。加菲是一只有很多话可说的猫，但它的话都写在脑袋上方的小圈圈里。当然，它并不是真的会说话——它是猫嘛。

可有时候我就是那么想的——如果有谁来把字写在我脑袋上方，让人们知道我在想什么，不是很酷吗？这倒是蛮不错的——大大的泡泡飘在我头上，替我说话。

还有几个星期就要开学了，如果有谁能在五年级开始之前发明一个泡泡说话机，那不是很酷吗？哈！

我有话想说的时候，那么多词语在我脑子里爆炸，可我能发出来的都是无意义的声音和短促的尖叫。佩妮已经可以说许多词和词组了，可我的上下嘴唇没办法碰到一起，也就说不出一个哪怕最简单的词。我发出来的声音大部分是元音，“呃”和“啊”我能说得相当清楚，如果我聚精会神，有时候还能挤出来一声“啵”或者“呵”，但也就这些了。

爸妈只要仔细听我说，通常能明白我要什么。对于外人来说，我说话的声音多半与狼孩无异。我的交流板，虽然V

阿姨已经往上加了那么多东西，可是，老实说，它还是很差劲。

比方说，今年夏初的一天下午，我突然想吃巨无霸汉堡和奶昔，香草口味的。我喜欢快餐。妈妈不在家，而让爸爸搞明白我想要什么有时候是个艰巨的工作。我指指爸爸的照片，去字，吃字，然后指笑脸。我只有这些字词可用。我应该肯定爸爸的努力——他实在费了很大的劲。他恨不得问我一万个问题，让我指是和不。

“你饿了吗？”

是。

“好的，我给你做点金枪鱼色拉。”

不。我重重地敲板子。

“你不是说饿了吗？想来点意大利面吗？”

不。这次敲得轻点。

“那你想吃什么？”

没有回答。我的板子上没有词能描述我想吃的东西。我又指着去。

“你想让我去厨房给你做东西吃？”

不。

“你想让我去食品店？”

不。我开始烦了，用右手大拇指又使劲地敲了敲板子。

“我不明白。你刚才说你想让我给你弄点东西吃。”

是。我又指了一次爸爸的照片，然后去，然后吃，然后笑脸。

我可以感觉到我的龙卷风又要开始爆发了。我开始踢腿，胳膊也变得紧绷绷的。一个愚蠢的巨无霸，我就是没法告诉他，这让我快发疯了。

“冷静点儿，宝贝。”爸爸温柔地说。

我感觉下巴就像钢板一样。我知道自己呼吸困难，舌头都没法好好待在嘴里。我又用力捶了一下板子，什么词也没指。

“啊咯唔克！”我尖叫。

“对不起，美乐笛，我实在搞不明白你的意思。我打算去给你煮点面条加奶酪。这样行吗？”

我叹口气，放弃了，指指是。爸爸去煮面时我逐渐平静下来。面条味道不错。

几个星期之后，爸爸开车带我经过一家麦当劳。我尖叫、踢腿、吮手指，闹腾得好像哥斯拉[1]出现在街上了。爸爸一定以为我疯了。最后，他说：“你想停下来买个巨无霸和奶昔当晚餐吗？”

我使尽了全身力气大叫：“呃！”一路上高兴得不停踢腿，直到爸爸开进购餐车道。他一直没有发现这次快餐店之行和我几个星期前的请求有什么联系，这也没关系。我们花了一小时才吃完这顿饭，但这是我吃过的最美味的汉堡。

[1] 哥斯拉（Godzilla）：著名的同名怪兽电影系列中的怪兽。

第十一章

几个星期之前我开始上五年级了，发生了一些很酷的事情。好吧，我没得到能让我头上飘出加菲猫那样的说话泡泡的神奇小发明，但我得到了一台电动轮椅，此外，学校开始搞一种叫做“融入课堂”的活动。我觉得这个名字很好笑。我从来没有“融入”过什么东西，不过据说这些课是为了让我这样的孩子有机会和普通学生互动，大家都管他们叫“正常”学生。啥叫正常？那还用说！

我的新轮椅和旧轮椅相比，那简直就是奔驰车和滑板的区别。新轮椅的轮子质地像汽车轮胎，跑起来轻松又顺畅，好像轮子底下碾的是软枕头。虽然速度不是很快，但我只需扳动扶手上的一个小操纵杆，就可以操纵它把我送到走廊另一头去。或者，如果需要的话，把开关转回手动，我也可以让人推着。

弗莱迪第一次看到我的新轮椅时，嚷嚷道：“噢——嚯！”

活像我刚赢了印第安五百英里大赛[1]似的。“现在美莉也嗖嗖啦！要比赛吗？”他操纵着自己的轮椅兴奋地围着我团团转。

我很肯定，就以我们俩轮椅现在这种超光速，他也能把我打得落花流水。

电动轮椅比我以前的手动轮椅重得多，爸妈想搬动它基本上不太可能。“要是你什么时候打算换个火箭舰船代步，”刚用上新轮椅的时候，爸爸揉着后背开玩笑，“那可就得雇超人来把它搬进车里啦！”

我咧嘴一笑。不过我知道他看到我眼睛里的谢意了。

他买了一套便携式轮椅坡道，可以折叠起来放在我们的SUV车后备厢里。有了这个，他就能把新轮椅推上车子的后备箱，而他可怜的背部肌肉也能幸免于难。

对于我来说，这完全是个获得自由的问题。现在我不需要等着别人来推我到房间另一头了，我可以自己去。太好了。那么，等他们决定好让我们融入普通课堂，电动轮椅一定大有用处。

H–5班的五年级老师让我想起电视里的老祖母。香农太太个子矮胖，每天都擦薰衣草味儿的香体乳。我觉得她一定是美国南方人，因为她说起话来有很重的拖腔。不知为什

[1] 美国车坛最重要的大赛，在印第安纳波利斯举行，赛程五百英里。

么，这种腔调好像让她说的话变得更有趣了。

她第一天就对我们说：“我要拿出全部的力气来，让你们这一年学得多多的！听到了吗？我们要读书，学习，长大。我相信你们每个人都有天赋，全埋着哪，我们一起努力，让那些东西发光！”

我喜欢她。她拿来一摞摞的新书读给我们听，还有游戏、音乐和录像。香农老师跟比拉普斯老师不一样，她一定看过了我们所有的记录，因为她重新找出了积满灰尘的耳机，还带了新的有声读物给我听。

“你们准备好上音乐课了吗？”一天早上她问我们，“我们来搞这个融入活动，开动吧！”

我兴奋得直发抖。生活老师帮我们穿过走廊，到音乐教室去，一路上我都在想，会不会让我坐在正常孩子的旁边。如果我做了蠢事怎么办？如果威利发出怪声，或者卡尔放屁了怎么办？玛丽亚很可能说出些傻话。我们会不会只有这一次机会？假如我们这次搞砸了呢？我简直控制不住自己。我们要去正常的教室上课了！

音乐老师拉弗雷斯太太是第一个自愿向我们开放课堂的。音乐教室很大——差不多比我们的教室大一倍。我的手心出汗了。

教室里的孩子们大部分也都是五年级。我知道他们所有人的名字，他们要是知道，多半会吃惊的。好几年来，午餐时间和课间休息的时候，我总是看着他们在操场上玩。我们班的同学坐在树底下凉快的时候，他们在玩儿童足球和抓人游戏，所以我知道他们都是谁，关系如何。不过我很怀疑他们是否知道我们这些孩子里任何一个人的名字。

唉，这整件事简直就是一场灾难。威利多半是因为换了新教室而恐惧不安，于是开始竭尽全力发出短促的尖叫。吉尔哭了起来，她紧紧地抓着助步器扶手，坚决不愿意进教室门。我真希望自己能消失。

音乐教室里的“正常”孩子全都转过头来看我们，我估计有三十个人。有些孩子笑起来，也有些孩子移开目光。有一个坐在后排的小姑娘双臂抱在胸前，满脸怒容地看着他们班那些表现夸张的同学。

两个女孩，莫莉和克莱尔，故意模仿威利的样儿。她们俩很出名，因为在操场上玩的时候，她们差不多对每个人都很刻薄。她们很小心地避开了老师的视线，可我看到了，威利也看到了。

“嗨，克莱尔！”莫莉说着把两条胳膊扭股糖一样举过头顶，弯下身子装驼背，“快看我！我是个弱智！”她笑得那么厉害，鼻涕都喷出来了。

克莱尔也大笑起来，口水滴到了嘴巴外面。“嘚啵唔啵。”她说着学起了斗鸡眼，假装从椅子上往下滑。

拉弗雷斯老师终于注意到了，严厉地说：“克莱尔，请你站起来。”

“我什么也没做！”克莱尔说。

“莫莉，你也站起来。”拉弗雷斯老师接着说。

“我们就笑了笑呀。”莫莉辩解。但她还是乖乖地站了起来，站在克莱尔旁边。

拉弗雷斯老师把她们俩的椅子推到墙边靠着。

“你干什么？”克莱尔抗议地喊起来。

“你们都有健康的身体和两条腿，好用得很，该用用了。”拉弗雷斯老师严肃地说。

“你不能让我们站一节课！”克莱尔哀叫。

“教育委员会要求我教你们音乐，教学手册里可没说教音乐的时候你们一定得坐着。现在，安安静静地在那儿站好，否则我就得请你们去趟办公室，因为你们对客人一点不尊重。”

她们站好了，就在第三排桌椅的正中间。其他人全都舒服地坐着，只有她们站着。

这老师真是太牛了！

这之后，一切进行得顺利多了。吉尔还是哭个不停，于是生活老师把她带回我们班教室去了。我们其他人安静地坐在教室后面。

拉弗雷斯老师重新开始上课。“孩子们，我觉得我们需要花点时间来集中注意力。”她在钢琴前坐下，弹起了《月亮河》，然后又弹了一首最近的吸血鬼电影的主题歌。哦耶，她知道我们喜欢什么音乐。我又看到了色彩，森林绿，青柠绿，翡翠般的碧绿。于是我知道她很棒。

我瞟了一眼葛洛莉亚。她没有像平常那样蜷成一团，而是伸开了手臂，好像想把音乐抓住，抱在怀里。她的脸几乎焕发出光彩，身体也随着音乐开始摇晃。

接下来拉弗雷斯老师突然改变了节奏，弹起了《带我去看棒球赛》[1]的前奏。威利狂热地拍起手来。

最后，老师弹起了《咘叽呜叽号角男孩》[2]。老爸一定会喜欢这个。孩子们开始在座位上轻轻摇晃，玛丽亚站起来，跳起了舞！她大声地拍着手，不太合音乐的拍子，却自有一套节奏。

弹完这首歌，拉弗雷斯老师停下来。“小朋友们，音乐有强大的力量。”她说，“音乐可以把我们带到回忆里，能左右我们的情绪，我们面对问题时，音乐也会影响我们的反应。”

她看了克莱尔和莫莉一眼，她们还在椅子被搬走后的空地方站着。

我想告诉拉弗雷斯老师，我也喜欢音乐。我想问她，听没听过《埃尔薇拉》这首歌，还有，她会不会教我们创作自

[1] 二十世纪初创作的美国流行歌曲，广受棒球迷欢迎，成了非官方的棒球国歌，经常在棒球比赛场播放。

[2] 咘叽呜叽（Boogie-Woogie），又叫布吉乐，是一种音乐种类，由快节奏的钢琴演奏的布鲁斯。

己的音乐。我使劲想举手，可她没注意到我。估计我的动作看起来就跟我们这些孩子平常无法控制的乱动一样。但我有种感觉，拉弗雷斯老师是那种愿意花时间去了解我的老师。

老师接着说："在我们继续上课之前，让我们来一次真正的融入体验。也许 H-5 班来的小朋友愿意和我们班的同学坐在一起，而不是待在教室后面。"

弗莱迪听到这话，迅速抓住了机遇。他开动轮椅，嗖地一下蹿到大教室的前面，嚷嚷道："我是弗莱迪。我喜欢音乐。我跑得快！"

全班都笑了。我能分得清什么时候人们是在嘲笑我们，什么时候是善意的笑。弗莱迪也能分清，所以他也跟大家一起笑了。拉弗雷斯老师好像稍微有点吃惊，然后走到弗莱迪跟前，握握他的手，说欢迎他来音乐课堂。老师让弗莱迪就坐在前排，一个叫罗德尼的男孩旁边。他们俩举手击掌，互相咧嘴一笑。好吧，我得承认——我有点嫉妒了。

拉弗雷斯老师请生活老师把葛洛莉亚的轮椅也推到前面来，离钢琴很近的地方，和一个名叫伊丽莎白的女孩坐在一起。伊丽莎白很紧张地看着葛洛莉亚，但并没有躲开。

伊丽莎白最好的朋友是一个叫杰西卡的女孩。课间休息的时候，她们俩一起坐在围墙附近，分吃燕麦棒。我总是很好奇她们俩在一起说什么悄悄话，我还发现，不管伊丽莎白做什么，杰西卡都要想办法超过她。比方说，如果她俩比赛跑到围墙，伊丽莎白赢了，杰西卡就一定要再比一次，她也要赢。如果伊丽莎白换了个新书包，杰西卡第二天也会带个新书包来。

所以，伊丽莎白开始和葛洛莉亚说话之后（葛洛莉亚看起来吓坏了），杰西卡也举手问，能不能让一个H–5班的孩子跟她一起坐。

玛丽亚也许头脑不太好，但她真的是个非常友好的姑娘。“我想坐在那个蓝衣服姑娘旁边，我想坐在那个蓝衣服姑娘旁边。”她一再要求。她大踏步走到杰西卡座位旁边坐下了，然后又跳起来，给了杰西卡一个拥抱，接着又拥抱了坐在杰西卡旁边的那些孩子。有一个男孩在玛丽亚碰到他的时候僵硬地挺直了身体，但大部分孩子都乖乖让玛丽亚拥抱，这让我有点惊讶。而莫莉和克莱尔因为在罚站，别无选择，只能束手就抱。

“噢，唠！”克莱尔小声说。

“虱子！”莫莉也小声答道。

拉弗雷斯老师扬起一边眉毛，清了清嗓子。“你们俩似乎很喜欢站着，那这礼拜就一直站着吧。”

“噢，天哪！太差劲了！”我听到克莱尔说。

莫莉终于学聪明了点，什么也没说。

玛丽亚根本什么也没注意到，还亲了克莱尔的脸。太好玩了。

威利最后坐在一个和善的大个子男孩康纳旁边。

阿什丽和卡尔那天没来上学，所以就剩我一个人坐在教室后面了。教室变得安静极了，我突然感觉很冷，就好像空调开得太大了。我都起鸡皮疙瘩了。

老师带着期待的表情环视教室，我猜她希望有人主动邀请我。那一刻我无比希望回到那个满天蓝鸟的教室里，而不是坐在这儿让三十个孩子盯着我看。

最后，一个女孩儿从座位上站起来，走到我的轮椅跟前。她蹲下来，看着我的脸，然后微微一笑。她就是刚才因为同学笑话我们而皱眉头的那个长头发女孩儿。“我叫罗丝。”她说，声音很柔和。

我也对她微笑，拼命忍住不乱踢乱哼哼，或者发出什么奇怪的声音把她吓走。我屏住呼吸，让自己想平静、安宁的事物，比如海浪。这么做有点用。我慢慢地深吸一口气，然后指着我的对话板上的谢谢。罗丝似乎懂了。

我让她看我能自己控制轮椅，然后滚到她先前坐的地方。接下来的时间我们就坐在一起了。而且，我没有出一次令人尴尬的状况！课上的时间过得太快了。

不过从那之后，每个星期三我们这一小群弃儿都能去上拉弗雷斯老师的音乐课。这太棒了！

吉尔、阿什丽还有卡尔最终也加入了我们。我们每个人都得到了一个指定的“伙伴”，坐在一起，互相交流。

看到阿什丽之后，所有的女孩儿都抢着当她的伙伴。我觉得对她们来说，这就像和漂亮的洋娃娃玩一样，不过阿什丽似乎很喜欢这种关注。

克莱尔和莫莉最终拿回了椅子，不过她们还没选择任何一个 H-5 班的孩子当"伙伴"。我完全不在乎。

伊丽莎白和杰西卡非常喜欢葛洛莉亚和玛丽亚，吉尔心满意足地和一个叫阿丝特·程的女孩当同桌，罗德尼居然下课的时候还来我们班找弗莱迪聊天。有时候他推着弗莱迪的轮椅跑得飞快，弗莱迪可喜欢了。

我呢，每个星期三都能和罗丝坐在一起。每到星期二晚上，我都兴奋得睡不着觉。星期三早上，我让妈妈给我把最漂亮的衣服挑出来——很酷的那种，跟其他孩子穿的一样。我会一直尖叫到她挑出合适的搭配，还让她仔细给我刷牙，因为我不希望呼吸时有口气。

我一天到晚想着罗丝，担心她会改变主意，不喜欢我了。但罗丝好好地跟我说话，就好像她知道我能听懂；她也会想方设法去弄明白我想说什么。有一天，我指着交流板上的"新"和"鞋子"，还有"好"，然后指她的脚，想告诉她我注意到她穿了新运动鞋，还有，我喜欢她的新鞋子。一开始，她似乎很惊讶我能以这种方式表达自己的意思。要知道，我有时候要花很长时间，才能通过交流板让别人明白我的想法。有一次，我指指音乐，还有坏和臭，然后哈哈大笑。罗丝一开始没明白，于是我又指了一次那些词，然后指指拉弗雷斯老师，她正在用 CD 机播一首爵士乐。我跟老妈一样，对爵士乐不太感冒；爵士乐老让我糊涂，因为这种音乐没什么旋律。

罗丝终于明白了，说："哦！你不喜欢爵士乐？我也不喜欢！"我们都笑得厉害，拉弗雷斯老师只好把手指放在嘴唇上，让我们小声。有生以来第一次，有老师让我安静，因为我上课跟人说话！这真是世界上最好的感觉！我觉得自己跟别的孩子一样了。

有时候罗丝告诉我她的秘密，我知道她咬手指甲，不爱喝牛奶。她每个星期天都去教堂，但到那儿就打瞌睡，一直到回家。我也是。她有个妹妹，跟我一样；她甚至也跟我一样喜欢乡村音乐。有时候她还跟我说和朋友一起逛商店的事儿。

如果我也能和朋友去逛街，那可太酷了。

第十二章

到十月底，学校的融入活动扩大了范围。玛丽亚和吉尔参加了美术课和体操课，弗莱迪和威利开始上科学课。至于我——这是我有生以来第一次有机会上各种不同科目的课！

现在，下课铃响之后，我再也用不着想象外面走廊里是什么样儿，因为我自己就在外面呢。这太棒了！我坐在电动轮椅上穿过人群，就像个大功率的割草机在厚厚的草坪上开动。

有时候会有同学对我招手或者问一句："怎么样？"时不时地，还会有人陪我一起走到下节课的教室去。多酷啊！

不过"融入活动"并不意味着我能融入所有的活动。我总是坐在教室后面，在那儿憋得要发狂，因为我知道问题的答案，却说不出来！

"'尊严'是什么意思？"几天之前的一节课上，老师问。我当然知道，也举了手，可是老师压根儿没发现，因为我的动作幅度太小，可我没办法举得更高了。再说，就算老师点我了，又能怎么样呢？我又没法大声说出回答。真是令人沮丧。

这个月初开家长会的时候，我爸妈来了，见到了香农老师和其他的任课老师。香农老师没把我留在某个角落里不管，而是把我拉到参加融入项目的那些老师的圈子里。她可真好！

她拍拍我的轮椅扶手，笑着说："这孩子真的不错，聪明着呢！她会成为我们这个项目的明星！"

我像往常一样踢腿尖叫。我想如果我能动，一定已经扑上去吻她了，不过那样可能有点太煽情了吧，我猜。

"嗯，我们当父母的一直知道她是个聪明孩子，正该让别人了解她了。"爸爸对香农老师说，"能有这个机会让大家知道她能做什么，我们真的很感激。"

妈妈特别高兴的是，得知学校给我指定了一个"行动助理"——属于我自己的生活老师。

"总算盼到了！"妈妈说，语气里透着宽慰，"我们已经申请了好几年了。"

"太多文件手续，费时费钱——这系统不是靠理智运转的，是靠毅力。真对不住。"香农老师摇摇头回答道，"我正在争取让 H-5 班所有的孩子都得到所需的帮助。不过我还是把美乐笛的生活助理搁在了第一位，到时候我们就能看看成效如何了。我觉得这学年一定会很精彩！”

真酷，我敲着我的对话板道。

助理！哇噢。这个人的工作就是带我去上课，坐在我身边，帮我参与课堂活动。我真想知道她长什么样，哦，也可能是个男的。他会是个可爱的年轻人，还是个坏脾气的老人家？

第二天，我的新助理比我还早到学校，我们这些孩子坐着轮椅进教室的时候，她正在和香农老师聊天。她径直朝我走来，握住我的手。“嗨，美乐笛，很高兴见到你。我叫凯瑟琳，在上大学，以后我就是你的轮子，听你吩咐。”

她自自然然地跟我说话，好像我不是个坐轮椅的小孩，而是个普通学生。我努力忍住不乱踢，但我太兴奋了，难以自制。

“T 恤很赞！”她欣赏了一下我胸前的翠儿图案，这件衣服是淡紫色的，妈妈给我买的。

我指指板子上的谢谢。

“你最喜欢的颜色是什么？”她问。

我先指指紫，然后飞快地把手指滑到绿字上，对她咧嘴一笑。

“你真机灵，美乐笛。我发现我们俩都喜欢怪异的颜色，一定能合得来。”凯瑟琳穿着紫色网球鞋，绿色连裤袜，紫色麂皮裙，还有我见过的最难看的绿毛衣。

我想就她的着装跟她开个玩笑，但又不想让她觉得我刻薄，毕竟我们俩才第一次见面。我在对话板上搜索，想找个办法取笑一下她的衣服，但实在找不到可用的词，我放弃了。想说点东西真不容易。

于是，如今，由凯瑟琳喂我吃午餐，不让我弄得一团糟。回答问题时我指着板子，凯瑟琳帮我大声读出来，同时加上一些必要的词语，连缀成句。她帮香农老师订购我要读的书，甚至帮我检查耳机有没有从耳朵上掉下来。

“普通”班的五年级语文老师，歌顿小姐，比凯瑟琳大不了多少。她真是活力四射，活脱脱把课本变成了实景真人演出。她时而跳上桌子，时而大展歌喉。她让全班把课文片段表演出来，有时候甚至把课本变成游戏。

“生词宾果游戏！”一天早上歌顿老师宣布，“赢的组可以得甜甜圈！”于是同学们开始比赛，绞尽脑汁想生词的意思，抢答的时候大声尖叫，出错的时候长吁短叹。半个小时之后，教室里的每个学生都对这一课的二十个生词烂熟于心。歌顿老师给输的组也发了甜甜圈，不过获胜者的甜甜圈上还撒着巧克力末。

那些词的意思我都知道，可其他孩子的动作比我快太多了。算了，反正巧克力也会弄得我衣服上到处都是的。

这个星期，有一天出奇地热，歌顿老师带了扇子和喷雾水瓶，还让我们在教室里吃冰棍儿。当然，为了庆祝万圣节，冰棍是橙色的；我们吃冰棍的时候，她还给我们读了关于南瓜和鬼魂的诗歌。凯瑟琳帮我拿着冰棍，把纸巾垫在我下巴底下。我们一滴都没弄到衣服上！

歌顿老师还做过别的很酷的事。比如，她让全班同学读安妮·弗兰克[1]的故事，然后在一张课桌底下搭出一个小空间，让大家轮流挤到里面待一会儿，体会安妮当时的感受。我没法参与，但我明白她的意思。

她这学期还布置了不少别的好书给我们读。我在读——嗯，在听——的是菲利斯·雷诺兹·奈洛尔写的《夏伊洛》和洛伊丝·劳里的《记忆传授人》。还有一本叫《不老泉》的书，里面那个男孩永远不会长大，原来长生不老也不像人们想的那么酷。

因为V阿姨教了我识字，其实我能读那些书。可书上的字总是很小，我容易读串行。而且，谁也没有好办法让我把书拿稳，它会一遍又一遍地掉到地上。所以，我一般都选有声读物，不读纸书。

我现在甚至能考试了！凯瑟琳给我读题目，把答卷纸放在我的轮椅托盘上，我指出正确答案。我每次考试都能及格，她一点都没帮忙。其实我很可能每次都能拿一百分的，但有

[1] 安妮·弗兰克，德国犹太少女，十五岁死于贝尔根–贝尔森集中营，她的《安妮日记》成为第二次世界大战期间纳粹消灭犹太人的最佳见证，日记中展现了惊人的勇气与毅力。

些题目需要写很长的回答，我没法用板子上那有限的几个词写清楚。

有一次听写单词，歌顿老师大声念，我在交流板上一个个指出相应的字母，凯瑟琳帮我写下来，让我能跟上测验进度。克莱尔和莫莉，我感觉她们好像老看我，这会儿开始抱怨起来。

“不公平！”克莱尔喊道，还挥起手来引起老师注意。

“凯瑟琳帮她作弊！”莫莉补充说。

这两位有什么毛病啊？好像她们嫉妒我还是怎么的。真是太荒谬了！

同时，我发现她们好像真的觉得我完成得容易些。这可绝对是破天荒呀！

上个星期一早上，歌顿老师对大家说：“有些同学可能知道，因为我每年都布置这个任务：这个学年我们要做一个长期的综合项目，是关于传记写作这个单元。项目内容包括：读一些名人传记，每人写一篇关于名人的报告——写谁自己选，每个同学还要写一篇自传。”

“哎呀，那一定很短。十一年里能做什么呀？”大个子康纳嚷嚷着。大家都笑了。

“康纳，如果是你的话，”歌顿老师答道，“我相信你肯定有很多可写的。”

“我的报告能写发明汉堡包的那家伙吗？”康纳的问题

招来了更多笑声。

“我怀疑我们并不清楚第一个汉堡包是谁做的，不过你可以写写创建麦当劳的那个人，他靠卖汉堡和薯条发了大财。”

“棒极了，我喜欢这家伙。”康纳说。

罗丝举起手。我参加的融入课堂项目让我能和她一起上好多课，我很高兴。“歌顿老师，这些作业什么时候交？”

罗丝是那种在大红色活页笔记本里整整齐齐记好各种笔记的学生，绝不会忘记任何作业要求。

“放松点，罗丝。明年五月底才交，我们的时间充裕得很。而且我会带着你们一步步来，把任务分阶段完成，明天我们就讲怎么写回忆。”

罗丝看起来很满意，不过我发现她在笔记本里哗哗哗地写满了一整页。我也好想像她那样！不过，有机会做普通班老师布置的作业，这件事本身就已经很棒了。

历史课比语文课还要棒，虽然历史老师狄明先生一点也不像歌顿老师那样火花四射。狄明老师矮胖个头，有点谢顶，在学校已经教了二十多年书了，而据学生们说，他从来没有缺过课——一次也没有过。很明显，他热爱自己的工作。我们的校车开进学校时，他的车已经在停车场了；我们放学回家的时候，他的车也还在那儿；总是如此。他穿得像个电视上布道的牧师——大部分日子里总穿着配有马甲的三件套西装，挺括的白衬衫和彩色领带，几乎从来没见过他别的样子。我很好奇是不是他太太帮他搭配的，有些搭配真是潮爆了。

狄明老师热爱历史，历史事件啊、日期啊、战争啊、将军啊，他张口就来，像从电视上的问答节目里走出来的。我打赌，他要是去参加《危险边缘》[1]问答节目准能赢。

其他的孩子好像不太喜欢狄明老师，他们在背后叫他“低才狄明”，我觉得这可有点儿不够意思，因为狄明老师真的很聪明——他是学校知识竞赛小组的带队老师呢。

狄明老师上课讲到美国总统的时候，我大显了一番身手。他给了学生一张单子，列着所有的总统和副总统，告诉我们一周后要测验。凯瑟琳把单子上的名字给我读了好几遍。

“这里边有些人我听都没听说过，”我们第一次浏览总统名单的时候，凯瑟琳老实对我讲，“汉尼拔·哈姆林是亚伯拉罕·林肯的第一位副总统，这谁知道？”

我把它们全都背下来了。

到了狄明老师测验的那天，我只需要指指正确的答案就行了。老师在旁边看着，保证凯瑟琳没帮我的忙，我甚至比有些同学做得还快呢。

发卷子的时候，他给了全班几分钟时间自由活动，削铅笔啦、伸懒腰啦、聊天啦。我很惊讶地看到罗丝走到我桌子

---

[1] 《危险边缘》（Jeopardy!）是美国著名的问答节目常青树，从一九六四年开始播出，以专业、高深的问题著称。

跟前。

“你得了多少分，美乐笛？”她问，“我只得了七十五。”她看起来很失望。

我得了八十五分，可她来找我说话这事儿让我过于激动，兴奋得乱了套，在板子上先指了五后指了八。

她碰碰我的胳膊，眼睛里充满了同情。“别担心，”她说，“你下次一定考得好的。”

她这番话被莫莉、克莱尔和其他同学都看到了，我没办法再告诉她我真正考了多少分。

我绞尽脑汁找话说，好让她待得久一点。可用我那个破板子，我只能捣鼓出好看和上衣两个词。我真应该多些选择，能让我说出外套好酷什么的，可不知怎的，V阿姨竟然忽略了。

不过罗丝灿烂地一笑。“你今天看起来也很漂亮！”

我真不漂亮。我穿了一件退色的蓝圆领长袖运动衫，还有同色的运动裤。这些天来老妈几乎不给我穿别的，可我讨厌运动服。如果我能选择的话，我要穿有水钻和印花的蓝色牛仔裤，有装饰纽扣的衬衫，还有马甲。

可我没法告诉罗丝，只好指了指谢谢。难以置信的是，她又拍了拍我的胳膊，然后才回到座位上去找她的朋友。

然后下课铃响了，我得回H-5班去了。融入课结束了，也见不到罗丝了，而我还得在学校熬四个小时。连凯瑟琳也走了，她下午有课，于是急急忙忙赶回大学去了。

香农老师那天请了病假，于是我安静地和阿什丽、玛丽亚、卡尔还有威利坐在一起看《狮子王》——再看一次。我已经看过一万次了，都能背出来了。然后，代课老师给我们上了一节数学课。加法，又是加法，我们什么时候才能学到除法竖式啊？

我想知道罗丝这会儿在干什么。这真是一个漫长的下午。

第十三章

“佩妮！不行不行！”V 阿姨大喊。

佩妮正拖着嘟豆，飞快地从 V 阿姨家的前门溜出去，已经走到门廊那儿了，她戴着绿色的棒球帽，一边下着斜坡，嘴里一边嚷嚷着：“拜拜！”奶油糖待在我们家的后院里，看到佩妮想逃出去就会激动不已地狂吠一通。

这是十一月初的一天，艺术家最喜欢的那种天气。树叶是红铜色，阳光金灿灿的，夏日将尽未尽。不能怪佩妮想往外跑。

V 阿姨把她拎起来，带回房子里。

“象班（上班）。”佩妮噘着嘴。

“今天不行，我的小甜面包。”V 阿姨坚决地说，锁上了前门。

佩妮喜欢戴帽子，喜欢臭美，玩化装打扮的游戏。妈妈自己很少买花哨的圆边女帽，可有时候会精挑细选，给佩妮买回一顶缀满蝴蝶结和丝带的夸张草帽。

佩妮在家里，总是在门厅镜前面花上巨多的时间，几条老妈的塑料项链一直垂到鞋面上，两只胳膊下各夹一个小手袋，头上歪歪斜斜地戴着一顶帽子。“要象班了。”她会单手叉着腰说。

“她到底见过谁穿成那样去上班啊？”妈妈问，我们都忍不住笑了。

“她才两岁哪！等她长大了，能自己买东西的时候，我肯定供不起这小孩了！”爸爸总这么说。他忙着用手机相机把她摆出的各种可爱姿势都抓拍下来。

V 阿姨把佩妮捉回来之后，佩妮把嘟豆扔到地上，嘴巴噘得高高的，两只小短胳膊交叉抱在胸前。我笑起来。我真希望自己也有足以摆出“立场”的协调能力！

“过来，佩妮，你干吗不坐下，给我画幅画呢？”V 阿姨说着变出一盒彩色蜡笔。

佩妮马上把立场抛到了脑后，抓了一把蜡笔，在涂色本上乱画起来，还涂花了 V 阿姨的桌子。

我多希望我也能用蜡笔。我想画一朵玫瑰，天鹅绒般的红色花朵，绿色的枝干上面长出黄绿色的叶子。我可以在脑海里清楚地看到这幅画面，可是当然啦，如果把铅笔或蜡笔放到我僵硬的小笨手指头之间，我只能画出一些歪歪扭扭的线条，离玫瑰差着十万八千里呢。

我想画朵玫瑰送给罗丝。她的笔记本上和书包上都有玫瑰图案，不知道她妈妈从哪儿买到这么酷的东西。罗丝的名字真的很适合她——她又漂亮又精致，跟她在一起让人愉快。如果说她像真的玫瑰一样也有刺的话，我可从来没发现。

佩妮忙着摆弄蜡笔的时候，V阿姨在看邮件。她拆开了好几个信封，突然惊讶地深吸了一口气。“猜猜是什么，姑娘们？”她兴奋地说，“我竞赛得奖了！”

我饶有兴趣地看着她，佩妮无视我们俩，继续乱涂乱画。

“我参加了商场里书店举办的散文大赛，”她解释给我听，“主题是，鱼对我们这个世界的生态有何重要性。”

我指着板子上的食物二字，露出胜利的笑容。

“不对，小傻瓜。”她伸过手来呵我痒痒，“我写的是海洋啦，自然界的平衡啦——老实说，我也不太记得写了什么了——不过我得了一等奖：六张市中心新开的水族馆的门票！所有费用全包。真了不起！”

我在电视上看过那个水族馆的广告——据说里面有鲨鱼、海龟、企鹅，还有一百万种别的海洋生物。去？我指着板子问。

“嗯，除了我，还带谁去呢？我不知道。”她一边抓着头说，一边咧嘴直笑。

我把轮椅上的绑脚带都踢松了。我！我！我想要尖叫，但我只指了指自己。

“哦——能带谁去呢？”V阿姨故意逗我，在厨房里左顾右盼。我能看出她正在使劲绷着不笑。

我！我！我用力指。

“哎呀，我当然要带你啦，美乐耶乐，”V阿姨笑着说，“想想看，我们要学多少新词！我要把每一种鱼的名字都写下来教你认！”

我拍拍脑袋，装出苦恼的样子。

“那么，如果我带你和佩妮，还有你爸妈，还有我，一共五个人。让我想想，我们还能带谁？”她皱起眉头思考。

我立刻就知道了。罗丝可以跟我们一起去！我把她名字的字母拼出来：R—O—S—E。再指一次，R—O—S—E。然后用力敲拜托。

“哦，你在学校的朋友罗丝？”我恨不得上蹿下跳，兴奋得使劲踢腿。“我觉得这是个好主意，美乐笛。我会问问你父母还有她父母，如果她想去，我们一定会过得很高兴的。”

我踢腿踢得都停不下来了！

一连好几个礼拜，不是爸爸就是妈妈，周末总要上班，不过最后我们发现感恩节那个周末大家都有空。头天晚上我兴奋得睡不着觉，听到妈妈在电话里跟罗丝的父母说话，从我能听到的电话这头的只言片语来看，罗丝的父母好像很和善。我简直不敢相信罗丝愿意去，她想跟我这个坐轮椅的孩子一起去！

在学校，罗丝跟我咬耳朵说去水族馆的事，就像我见过的别的孩子说悄悄话一样。我感觉自己像个真正的女生了。

等终于到了这个星期六，我们一大早就都挤进我家的越野车里。天气有点转凉，但我还是让妈妈给我穿了一身时尚又可爱的牛仔服，没穿运动衣。罗丝没对我的衣着发表什么评论，她一直在轻声细语地逗弄佩妮。

“你妹妹真是太可爱了，美乐笛！”罗丝说，我微笑着点头。

佩妮伸出小胖手，拍起手来，说：“罗——西。”

“我想她刚说了我的名字！”罗丝惊叫道，“你妹妹不光可爱，还是个天才！”

我们开车去水族馆的路上，罗丝和我爸妈还有V阿姨聊着天，好像他们早就认识了似的。我静静地看着，觉得这一定是我生命中最美好的一天了。

到了水族馆，爸爸把我的轮椅放下来，把我安置进去，妈妈把佩妮的童车拿出来，把她放进去，扣好安全带。罗丝推着佩妮，妈妈推着我，我们并肩往前走。

这地方人很多——我猜是因为过节加上周末。没人注意我，再好不过了。我简直可以忘记自己是谁了。

水族馆里面，大大的水族箱从地板一直到头顶。我想起了欧利，它要是在这儿也许会开心的。有一个水族箱里，鲨鱼从我们头顶游过去，就像我们真的站在海底往上看一样。

好吧，欧利要是在那个水族箱里恐怕不会太开心。

我从来没见过这么多鱼，好像全世界的鱼都到一块儿了。有的鱼长着尖刺，有的鱼身上有斑点，还有的鱼花纹漂亮极了，好像是画上去的。

只要有鱼游过来，佩妮就使劲拍玻璃。“鱼！鱼鱼多多！”V阿姨没忘了之前说的话，把鱼的种类名字都记下来，还拍了照片，好让我回家后还能想得起来。老爸老妈像一对小情侣一样说着悄悄话，我还从没见过他们这么轻松的样子。

我们在每个水族箱前面都停下来看。我喜欢水母，让我想起一幅幅闪闪发光的布料，还有狮子鱼，它们真的有点像在水里游动的狮子。罗丝站在海马水族箱前面，评论说它们的脑袋是朝后长的！她似乎玩得很高兴。

接着，从一个拐角处转出来两个我最不想碰到的人：莫莉和克莱尔。她们在一个女童子军小队里，队长在对队员们讲海水中的含盐量，而她们俩正假装偶然相遇，没怎么注意队长在说什么。

莫莉和克莱尔，两人都穿着牛仔裤、长袖T恤和童子军马甲，惊讶地看着罗丝。

“嗨，罗丝！你和你妈一起来的吗？”克莱尔问。

“呃，不是。”罗丝含含糊糊地说，离开我们，往她俩的方向走了几步。

“你爸爸？”莫莉问，她看着我的样子好像我身上有什么难闻的气味似的，而且明显把我爸妈当成了隐形人。

“我和美乐笛还有她家人一起来的。”罗丝嘟囔。

“特地的？”克莱尔尖声说。她和莫莉两个人都大声笑起来。

“没那么糟。”罗丝小声说，可我听见了。

老妈想上去跟她们说什么，但爸爸拉住了她的胳膊。“都是孩子，”爸爸说，“让她们自己解决吧。”

妈妈眼睛里又冒出了小刀子——要是有人用蠢话说我，她就会向对方投去那种锋利的目光，但她没做声。她的手握成了拳头。

不过，V阿姨可不管别人让不让她插手。她差不多六英尺高的大个子向莫莉和克莱尔逼近。“你！戴牙套的那姑娘！”克莱尔抬头看她，大吃一惊。

“什么，夫人？”克莱尔还知道礼貌。

“你觉得你爹妈为了什么花大钱给你安牙套？”

“啊？”克莱尔一脸茫然，莫莉已经悄悄地躲回童子军小队里去了。

“你的牙不美观，所以你父母让你做牙齿矫正。总有一天，在毕业舞会上有人约会你的时候，你会感谢他们的。”V阿姨大声嚷嚷。整个童子军小队，还有一些其他的游客，都停下来听她说话。

“我的牙跟这有什么关系？”克莱尔一边问一边紧张地

环顾四周。

“有些人牙齿上戴矫正器，有些人腿上戴矫正器，还有些人，矫正器没用，所以他们需要坐轮椅，或者用助步器什么的。你是个幸运的姑娘，因为你只有牙齿难看。你要记住！”

“是，夫人。”克莱尔说，然后匆匆忙忙跑到她朋友们那儿去了。

罗丝走回我们身边，我觉得她有一点尴尬。“克莱尔有时候会做些蠢事。”她小声对我说。

你以为呢？

又看了几个水族箱后，佩妮累了，开始哼哼唧唧，于是我们连企鹅都没来得及看就离开了水族馆。我们把罗丝送回家，她很有礼貌地道了谢，说她今天过得很高兴。

可她真的高兴吗？

第十四章

感恩节假期之后的那个礼拜一，凯瑟琳推着我进了歌顿老师的语文课堂，还有几分钟上课铃就要响了。看来我永远也不可能知道罗丝对于那次水族馆之行的真正想法了，因为显然有更令人兴奋的事占据了她的心神。

所有的人都围在她桌子旁边。

“太棒了！”

“我喜欢这颜色——我还不知道他们有青柠色的卖呢！”

“哦，这可真牛，不是吗？”

“你现在下载了多少歌儿了？”

“你的新 e-mail 地址是什么？”

“你有 IM[1] 吗？”

“视频！太帅了！”

---

[1] IM：即时通讯（Instant Messaging），是一个实时通信系统，类似于QQ。

“真希望我老妈也给我买一台这样的笔记本电脑。”

我凑近一点，看到罗丝正在炫耀一台崭新的笔记本电脑。

“我可以上网找作业资料，把我的作业全都打出来。”她对围在她身边的同学们说，“我已经上传了我家狗狗的照片了，还有，刚建了我自己的聚友网个人空间！”

我只摇了摇头，凯瑟琳把我推到教室后面我常坐的座位。笔记本电脑。我的轮椅上固定着有机玻璃板，V阿姨和我妈妈在上面粘着字词，我还在靠指指点点这些字词交流，而罗丝已经有了互联网——我猜那就意味着整个宇宙都在她手指尖上。

我闭上眼睛，拼命忍住眼泪，幻想着为美乐笛特别定制的完美电脑。首先，它要会说话！哦，没错。说到他们忍无可忍地叫我闭嘴为止！它还要有空间储存我所有的字词句，不光是我那块破塑料板上贴的最普通的几个字。

它的键盘必须很大，让我的拇指能准确地按到该按的键，还要能固定在我的轮椅上。它不必非得是青柠色。

我突然一激灵，睁开眼睛。这样的电脑应该存在，对吗？或者类似的什么东西，也许真的有？

我扯扯凯瑟琳的胳膊，指着罗丝的电脑。我，也，我敲板子上的字，敲了好几次。

“你想要个罗丝那样的电脑？”凯瑟琳望了一眼罗丝的笔记本，“的确不错，我都没有那么酷的电脑。”

不，我指。

“等等，你不想要电脑？”凯瑟琳的声音很困惑。

我早已学会了要耐心。我又指了指罗丝的电脑，然后指我和也字。我在交流板上找了一大圈，更好，更棒，更酷这些词一个也没有。我只好指着好，然后到字母表中找到字母G—e—n—g。好——更。我这么说话活像个傻瓜。

“哦！”凯瑟琳终于明白了，“你想要个比罗丝的还要好的电脑？”

是！我重重地敲着板子，然后我又指着给和我。

“我明白了！”凯瑟琳喊道，“你想要一台为你特别设计的电脑！你可太聪明了，美乐笛！”

我拼出D—U—H[1]。我们俩都笑了。

歌顿老师开始上课了，她提醒大家别忘了传记作业项目的时间进度。

“明天，”她宣布，“我们全班在多媒体中心上课，到时候你们就要决定好写哪个人物。下个礼拜就要开始为你们自己的人生故事写大纲了。有问题吗？”

康纳举起了手，他总是全班的小丑。“我发现发明抽水马桶的那个人正好叫托马斯·茅房。我的报告能写他吗？”

孩子们哄堂大笑。罗德尼笑得最厉害，满脸通红。

---

[1] Duh：俚语，意为“那还用说！”

歌顿老师对罗德尼和其他孩子“嘘”了一声。“对不起，康纳，每年都有人提这个要求，不过抽水马桶是1596年由约翰·哈灵顿发明的，不是什么滑稽名字。你还想研究他吗？”

康纳像个泄了气的皮球。“不了，我还是写那个开了第一家麦当劳的家伙吧。如果要花好多时间查资料，汉堡还是比马桶好些。”

罗德尼正打算再次爆出笑声，可歌顿老师看了他一眼，让他闭了嘴。

“你打算挑谁来写呢？”凯瑟琳问我。歌顿老师正在巡视全班，和同学们讨论他们的项目。

我只考虑了一分钟，然后拼出一个名字：斯蒂芬·霍金。

我想知道他怎么应付日常生活，比如吃饭、喝水，毕竟他是个成年人了。他得让妻子把他放到马桶上吗？他还有孩子。他怎么当好爸爸呢？

我还想了解帮助他说话的设备，那些超酷的电脑，能替他说话，还能解非常难的数学问题，像在空间里找到黑洞什么的。

我敲出我的问题给凯瑟琳看：给，我，的，电脑？

“我不知道！”她答道，“我们一起来研究看看。”

第十五章

第二天早上，我们这儿下了冬天的第一场雪。大片大片的雪花在 H-5 教室的窗外飘落下来。

弗莱迪嗖地一下冲过来，摸摸窗户。“美。”他说。

香农老师把我们都推到窗户旁边，让我们看雪花落在草和树上堆积起来，真的很漂亮，就连吉尔也露出惬意的模样。

“我们能去雪地里玩吗？”玛丽亚问。

“不行，玛丽亚，去外面玩太冷了。不过你猜怎么着？圣诞节快到了！”

玛丽亚欢呼起来。

“我听说这儿有个传统，圣诞节前要装饰这个老泡沫塑料雪人？”香农老师接着说。她把雪人悉尼的脑袋从柜子里拉出来，做了个鬼脸。

玛丽亚想去抱雪人，可香农老师拦住她说：“我觉得圣诞节要有清新的松树气味儿，还有真正的拐杖糖和爆米花做的花环。明天我会带一棵真正的树来，我们一起把它装点得漂漂亮亮的！”

弗莱迪和卡尔击了一下掌。玛丽亚似乎失望了一会儿，但香农老师给了每个人一块巧克力软糖之后，她好像就把雪人给忘了。香农老师英明地把雪人塞回了柜子里。

香农老师教班上其他孩子用纸剪雪花的时候，凯瑟琳和我一起坐在我们班笨重过时的旧电脑前，在网上搜索沟通设备。这台电脑慢极了，有时候搜着搜着还会卡壳，然后死机，我们只好重启电脑，从头再来。H–5 班总是捡别的班不要的旧电脑，傻大个。

凯瑟琳和我研究了各种辅助说话和交流的电子设备，专为像我一样的人设计的。许多设备看起来跟我们班的电脑一样笨拙、过时，有些看起来非常复杂，而所有的全都很贵，贵疯了。有些网站干脆没标价格——好像不敢直说那些玩意儿到底有多贵。

那些使用标准电脑键盘的设备我用不了。我没办法用十个手指头敲一个个独立的键，所以我需要仅用拇指就可以操作的东西。

我们找到了各种改装的电脑、能说单词的对话板、按键式控制系统，甚至还有靠眨眼或者点头就能控制的设备。最后，我们发现了一种叫做“心声”语音电脑的东西，看起来好像适合我。它的操控部分空间够大，能放得下我的拇指，而且里面有上百万的词和词组可供使用！

我看了一段网上的视频，一个跟我差不多大的男孩用这种语音设备，很明显，他没法说话，但这个小盒子能帮他说出最近生日聚会的所有细节！我兴奋得不得了，腿开始不受控制地乱踢，胳膊乱挥，弄得我看上去像个发了疯的人形直升机。

凯瑟琳打印出相关信息，塞到我轮椅背后的书包里。她这天走的时候悄声对我说："祝你好运，美乐笛！"

我从放学的校车上下来，V阿姨像往常一样等着我。我拼命去指背后的书包，为了告诉她里面有很重要的东西，扭得差点从轮椅上摔下来。

"慢着慢着！"V阿姨说，"从来没见过你对做作业热心啊！今天这么慌里慌张是怎么了？"

我咧嘴直笑，使劲踢腿。等我吃过下午的点心——牛奶焦糖（先吃）和金枪鱼奶酪三明治（后吃），刚睡完午觉的佩妮吃过她的苹果泥之后，V阿姨终于从我书包里拿出了那张纸。

"呀，这正好是你需要的，"V阿姨看完那张纸后，把它往桌上一拍，"难怪你跟屁股着了火似的。"

是！是！是！我指。然后我挨个指着这些字：跟，妈妈，和，爸爸，说，说，说，说。

"我会的，等他们一回家，就跟他们说，美乐笛。"V阿姨向我保证。

我简直等不及。佩妮在看《芝麻街》，里面的饼干妖怪不吃饼干，改为大口吃胡萝卜了，我则在梦想着说话，说话，说话。

妈妈来接我们的时候，V阿姨说话算数，不仅给妈妈看了那张打印纸，还在电脑上找到了那个“心声”在线广告、销售的网页。佩妮坐在妈妈腿上，一直乱敲电脑键盘，把展示弄得断断续续，让我相当恼火。但妈妈看了那个视频，里面展示了人们用这个机器，确确实实可以说话、讲笑话，甚至可以上大学！

V阿姨跟妈妈解释，这个机器刚好适合我，而妈妈原本一贯实际、理智、节俭，这会儿竟一反常态地表示赞同。

“看起来可以通过医疗保险支付一半的费用，”她一边浏览网站，一边沉思地自言自语，“我得和查克说。早该有这么一个东西了。”

今晚？我通过板子问。

“没错！今晚！”妈妈说着紧紧地抱了抱我。

可是，在我的世界里，没有“立刻”这种事。第二天，妈妈在网站上填了购买机器的在线申请，然后提交。我等着。

然后，得让我的医生开个处方，传真过去。我听说过开药、开抗生素，可开个机器，听起来真是荒唐。如果不是真有需要，难道谁会要这个机器来玩？我只能等。

接下来，我们得从保险公司那儿得到批准，更多的文书工作、更多电话、更多问答。我继续等。

还要交父母经济状况声明。开玩笑吧！他们干吗把事儿弄得这么复杂？我接着等。

医疗表格上少了一个签名，得重新提交。我等啊等。

最后还要交一个学校官方批准申请的表格。我还得等啊等。

我觉得这个东西让我等了一辈子。

最后，最终，终于啊——圣诞节之前的那个星期三，“心声”电脑来了。我别的什么礼物也不需要了。

我放学回家，V阿姨告诉我，她看到UPS快递的大卡车停在我家车道上，就赶快跑过来，签收了包裹，拿到她家去放着。那个巨大的棕色纸箱贴满胶带、安安稳稳地趴在那儿，而且上面写着是寄给我的！

我兴奋地扭来扭去，高声尖叫，坚持马上就要打开盒子。我可以感觉到我的龙卷风又快爆发了。笨人城，我来了！

“安静点，美乐耶乐。”V阿姨把手放在我肩膀上说，可我平静不下来。

打开！打开！打开！我敲。

“好啦，你妈妈知道你不会有耐心的，”V阿姨说，“所以，我打电话告诉她货运到了，她就说我们可以先打开。”

我看着V阿姨仔细地拆开盒子边缘，觉得心脏病都快发作了。她让我把里面的棕色衬纸拉出来，然后，打开一层又一层带泡泡的塑料包装纸，我就看到了它——“心声”语音电脑。比我想的要小，大概只有我轮椅上的托盘那么大，但它表面光滑闪亮，摸起来凉丝丝的，活像一只随时准备展开翅膀的蝴蝶。

哦，好家伙！我迫不及待想试试。

V 阿姨把它插到墙上的插座里充电，然后拿出巨型的操作说明书。“呼！”她说，“看完这东西得花上一整年吧！”她一屁股坐在软乎乎的安乐椅上，把佩妮抱在腿上，开始看。

我开始等，等啊等，等啊等啊等。最后，我知道，再等下去我真的要爆炸了，就把轮椅开到放着“心声”电脑的桌前。

我见过学校里的孩子们玩电脑游戏，以前从没见过的新游戏他们都照玩不误；也见过他们摆弄新手机、新电脑，看都不看一眼使用手册。所以我用右手大拇指按了开机键，机器发出呼呼的响声，屏幕亮起来，然后出现了一条欢迎信息。

我又按了另一个键，突然冒出一个声音，听起来像个得了非常严重的鼻伤风的英国人：“欢迎使用心声电脑！”

V 阿姨从椅子上跳了起来，我发出一声快乐的尖叫。“看来你比我强多了啊，美乐笛。当然我一点也不吃惊。”她把佩妮放下，“现在，我们来看看这机器能干什么！”

我现在的感受就像哥伦布发现了新大陆一样。美洲大陆一直都在那儿，可哥伦布是他的世界里第一个发现它的人。

我怀疑他当时是不是像我现在心跳得这么厉害。

我们很快发现，“心声”有十几个功能区，都很容易调出来，按一个键就行。于是，我们在第一个功能区里输入了我认识的所有人的名字——我的名字，我家所有人的名字，学校里同学和老师的名字，当然还有V阿姨。第二个功能区里，她坚持认为，应该把三乘五寸彩色闪卡上我们收集的词汇全都输进去。

输入，保存。输入，保存。V阿姨十指如飞，不停帮我往电脑里加词。我们词语库里的很多词在机器的内存里已经有了，但她给了我更多，更多，更多。

名词，动词，副词，形容词——成千上万的词，还有，另一个功能区里有一个非常酷的造句软件。我们可以储存上百条短语和句子，按一下就能把它们调出来。

你听过他们的新歌吗？

那可太棒了！

拼写测试你考得怎么样？

普通的词，普通的对话，可我从来没有体会过。太棒了！

另一个功能区是用来储存数字的，甚至可以运算——现在我可以做数学题啦。哈，这个功能也许我可以瞒着老师。

还有一个功能区，全是老掉牙的笑话和傻乎乎的谚语，有足够的空间等着我们往里输入新的。另一个功能区可以播放音乐！我可以把这台设备和别的电脑连接起来，下载我想要的歌。我迫不及待想赶快搜索 iTunes[1] 了，也许我该问问罗丝哪些歌最热门。

罗丝！我现在可以真真切切地跟罗丝说话了！

过了一会儿，我们停下输入工作。佩妮需要换纸尿裤了，而且要人陪她玩，但我兴奋得停不下来。

于是，V 阿姨把佩妮料理好了，让她去玩沙发旁边地板上的娃娃屋，然后我们又接着往机器里输入了许多字词和短语。最后，她停下来，说："你想不想试用一下？"

房间突然变得安静极了。我轻轻地抚摸着机器的边缘，然后按了两个键。

"谢谢你，V 阿姨。"电脑的声音说。

V 阿姨飞快地眨着眼睛，我也是。她伸手拿了一张纸巾，我们都需要。

V 阿姨把纸巾塞到口袋里，然后又开始读使用手册。"嘿，听听这个！"她说，"有了这个数据连接线，你还可以把长一些的东西，比如你想写的故事诗歌什么的，存到电脑里！"

"哇噢。"机器说。

V 阿姨赞成地点点头。"这一定很有意思。但你要花很长时间练习，才能让它说出你想说的话，孩子。"

她说得对。

[1] iTunes是苹果公司最热门音乐软件的最新版本。

许多功能区都是空白的，留给用户输入自己的信息——词语、句子、电话号码，甚至照片。可以直接把信息敲到机器里，也可以从别的电脑上下载导入。这么多功能，我都有点反应不过来了。

“我们可以把它设计成专门适合你的，美乐笛。”V阿姨告诉我，“这将是你的世界，所以，我们慢慢来，把它变成你最需要的样子。”

我太高兴了——简直想拥抱这台机器，不过那看着可太傻了。所以，我给它起了个名字。这多半也很傻，不过有时候，拥有一点别人都不知道的小秘密，就你一个人知道，感觉也不错。我不打算把这个名字输到电脑里，因为这完全属于我自己，在我心里，我会管这台“心声”语音电脑叫做“埃尔薇拉”，就是我最喜欢的那首歌的名字。没错，我的心热情如火，爱着埃尔薇拉！

V阿姨跟佩妮玩了一会儿，我继续探索埃尔薇拉都能做些什么。我要改变的第一个设定就是开机问候语，还有它的说话声音。电脑合成的问候听起来实在很假。不过，机器提供好几种女性嗓音可供选择，还有一大堆不同的语言。

我选了一个名叫“翠许”的声音。她听起来十足像个小姑娘，不像成年人。要是我能说话，声音像她倒也不算太委屈我。

“Bienvenue。”翠许用法语说，我知道那是“欢迎”的意思。我按下德语的键，她就说“Willkommen”；按下中文键的时候，她甚至开口说了广东话的“欢迎”。

我停了一分钟，望着屏幕发呆。以前我从没想过，在德国、在中国、在法国，也有像我一样的孩子，需要能帮助他们说话的机器。

V 阿姨回到我身边，帮我把原来的欢迎语——那个听起来十分机械的“欢迎使用心声电脑”，换成了翠许的声音说：“嗨！我是美乐笛！和我聊聊吧！”我简直等不及带它去学校，把我的新电脑介绍给大家。我想知道罗丝会说什么。

到这会儿，老爸老妈都已经打过电话，问我们进行得怎么样，他们俩都急切地想来 V 阿姨家亲眼看看。所以我们等他们的时候，V 阿姨建议我们继续往里输入更多的词句。她觉得我应该先熟悉一下怎么用，练几个星期之后再带到学校去。我一天也不想等，可我不得不同意她的看法，我的确需要花点时间练习。我希望能借助这个机器，像普通孩子一样说话。就算是吧。

于是我们又从词语开始——我有上千个词想输入进去：笔记本、马克笔、家庭作业、课外任务、测验、肯定、否定、指甲、指甲油、衣服、背包、钱包、害怕、兴奋、紫色。

然后，我们又输入了更多短语——上百条：去商场、从远处、在中间、由此可见、原因在于。

最后，我们输入了些句子——总有几十条吧：现在几点了？那是怎么了？你可把我笑死了。我太兴奋了。——然后，门铃响了。

爸妈来接我们了。老爸已经准备好了摄像机，他的手有点发抖。“让我们看看它怎么用，宝贝儿。”他说。

我难以相信老爸要把我第一次开口说话的情形拍下来，这简直就像他拍佩妮说第一句话——好吧，并不完全一样。

我非常仔细地打字，然后按了一下键，让机器说话。

“嗨，爸爸，嗨，妈妈。我开心极了。”

妈妈整个变得眼泪汪汪，鼻头都红了。她看着我的眼神温柔伤感得一塌糊涂。

我认真想想，就发现我从来，从来没有直接对爸妈说过一句话。因此，我按了几个键，机器帮我说出了我一直没能说出的话：

“我爱你们。”

妈妈完全情绪失控，眼泪流得稀里哗啦，抓住了爸爸的胳膊；而爸爸，我觉得他也在吸鼻子，忍住了几滴眼泪。

不过他把这一切都拍下来了。

第十六章

我一直等到圣诞节假期过后才把电脑带到学校。圣诞假期的每一天，我都在和V阿姨一起练习，学着怎么按对键，怎么流畅地从一个功能区转到另一个，怎么使用缩略词。我得弄明白，怎么说“别”而不是“不要”，或者“那儿”而不是“那个地方”。练习很艰难，我一次又一次出错，但V阿姨不让我放弃，我也不愿放弃。

节后返校的第一个星期一，“埃尔薇拉”成了那天班上的明星，而我成了大家注意的焦点。这次不是因为我做了什么令人尴尬的事，比如呕吐或者洒了食物，而是因为真正酷的原因。谁能相信?!

就连老师们似乎也很惊叹。“全世界都要当心啦！”香农老师在走廊里看到我的时候宣布，“美乐笛要大展身手了，各位！”

我咧嘴一笑，按了一个键，于是传出了最新的青少年音乐剧里的一首歌。

“姑娘，你可真了不起！又是音乐又是什么的！”香农老师说着，随着音乐节奏，跳着滑步舞往走廊那头去了。我笑坏了。

在 H–5 教室里，玛丽亚整个上午都像用胶水粘在我身上一样。“好酷的豆豆，美莉贝莉，”她反复说，“好酷的豆豆。我能玩吗？”她想摸那些闪亮的指示灯还有发光的按键，但香农老师走进来，用班级电脑上新下载的一个游戏就把她吸引走了。

凯瑟琳在语文课上课铃响之前进了教室，我已经在等她了。她穿了一件绿色格子衬衫，配蓝裙子和橘红色的及膝袜。我早就准备好了想对她说的第一句话，所以 V 阿姨和我已经预先把这句话输入到机器里了。我按键，微笑。“我们去血拼吧！”

凯瑟琳倒抽一口气，然后大笑起来，笑得简直上气不接下气。然后她跑到我面前来拥抱我。“我太为你高兴了，美乐笛！你真的需要这个！还有，没错，我们要找一天，你好好教教我什么是时尚！”

“那我们得赶快。”我敲道。我心情好极了。

“你这个无情的姑娘！”凯瑟琳大声说，还没止住笑，“不过现在，我们赶快到你的融入课堂去，显摆一下这个酷毙了的新机器！”

我兴奋得直发抖。我坐着轮椅进歌顿老师的教室时，像往常一样，没人抬起头来看我，只有罗丝向我飞来一个微笑。

然后，我把音量调得大极了，按下一个键：“嗨，大家好，我有个新电脑了。”

许多脑袋都转过来，许多声音唧唧喳喳。

“还有专门给特殊小孩用的电脑？”

“她的电脑会说话？我的可不会。”

“你的电脑不需要说话！”

“听起来好怪异。”

“你也好怪异。”

“不过，她能有什么可说的呢？”

但康纳跳了起来，乱糟糟的金发落到眼睛上，大声说：“太棒了，美乐笛！”

他在班上是很受欢迎的，而且很可能是五年级个头最大、最高的小孩，我猜，因为他表明了态度，其他学生也就决定算了。

呃，不是所有人都那么好说话。克莱尔是班上第一个有自己的笔记本电脑的，买了新的苹果手机和最新游戏机时也嚷嚷得全班都知道。这会儿她吸了吸鼻子，说：“那电脑看起来真滑稽！不过我猜对你这样的小孩来说倒是正合适。”她和莫莉交换了个眼神，我敢说她们觉得我是个瞎子。

歌顿老师的表情好像想把克莱尔像捏牙膏皮一样捏瘪，

她说："克莱尔，我不允许教室里有粗鲁无礼的举动。现在，坐下，安静！"

可就连克莱尔也没有影响我的好心情。我又按了一个键，放出V阿姨和我事先准备好的一句话。不知为什么，我早知道我会说这句话！机器说："我现在能和每个人说话了，也跟克莱尔说话！"

我看到她生气地皱起眉，但其他孩子全笑了。他们都想摸摸我的机器，按个键，或者试着操作一下，可凯瑟琳没让他们碰，让我展示各种功能。

我打开绿色功能区——笑话。"笃笃笃！"

"谁敲门？"好几个孩子一起问。

"伊莎贝。"我的电脑说。

"哪个伊莎贝？"我身边的孩子们问。

"伊莎贝小傻瓜，敲门敲得停不下！"[1]

听到这个荒谬的笑话，大家都笑了，我也笑了。尽管我的胳膊腿还是无法控制地乱摆，笑起来还有点流口水，但这是我这辈子第一次觉得自己属于一个集体。

我真希望能按一个"保存"键，让我把这一刻录下来，一遍一遍地反复播放。

我敲道"今天星期一，很冷"，然后按了一个蓝键，机

---

[1] 美国孩子常说的一个笑话。

器呜呜作响。一会儿，从侧面吐出一条薄薄的纸，活像电脑吐了下舌头似的。纸上面印着我刚敲进去的字。

“哇！”全班的电脑游戏冠军罗德尼说，“它有个打印机！太酷了！”

凯瑟琳把打印出来的那张纸递给其他同学，让他们看我的话，歌顿老师鼓励地点点头。然后凯瑟琳告诉全班：“美乐笛的心声电脑是一台多功能计算机、音乐播放器和语音合成的一体设备。它有硬盘，还有其他高科技硬件，能让美乐笛的世界变得丰富多彩，也帮她和你们沟通。花点时间听听美乐笛想说的话吧！”

克莱尔举起了手。

“克莱尔，什么事？”歌顿老师眼神里带着点警告说。

“我不是特意刻薄——真的——可我就是从没想过，美乐笛脑袋里还会有什么思想。”

其他几个孩子也轻轻点头。

歌顿老师没有提高声音。相反，她若有所思地答道：“你一直都能把脑子里想到的东西说出来，克莱尔。其他同学也是。而美乐笛呢，她被迫一直沉默。很可能她想说的东西有几座大山那么多呢。”

“是的，是的，是的。”我让机器说。

我对歌顿老师感激地笑了笑，然后给罗德尼和康纳看心声电脑里预装的一个游戏，“太空战士”。我怀疑我永远也不会有那么快的动作，但知道有这么个游戏在电脑里还是挺好的，罗德尼多半一分钟就能上手。

歌顿老师看了看不同的功能区，颇为惊叹。“你现在的词语量这么大呀，美乐笛！”她对我说，“我知道你肯定感觉轻松极了，就像搬走了身上压的一吨砖块一样。”

我点头。“太苦了。”机器大声说。呀！我本来想说“太酷了。”我听到克莱尔和莫莉哧哧地窃笑，脸上热了一热。

罗丝把课桌拖到我的轮椅旁边来，轻声说:“这可太棒了，美乐笛。”我让她摸了摸微微发亮的键盘。

“是啊，”我答道，然后我看着她，“是朋友吗？”我敲道。

“是朋友！”她毫不犹豫地回答。

“开心。”我敲，接着紧张起来。我希望我别做出蠢事，比如兴奋得打翻什么东西。

罗丝专注地看着我。“我没法想象，所有的话都憋在心里说不出来，是个什么滋味。”她最后这么说。

“糟透了！”我敲道。

罗丝轻声笑起来。“我有同感！”

第十七章

一个月来，我习惯了用埃尔薇拉之后，学校生活几乎变得愉快起来，几乎。我可以跟康纳讨论前一天晚上的电视剧，或者告诉杰西卡我喜欢她的新鞋子。

现在差不多每天都下雪了，一阵一阵的。一月的一天下午，我敲道："我希望有个大雪天——不上学。"大家都表示赞同，终于有一次，我替全班说话了。

有了埃尔薇拉帮我，我在课堂上答问题答得好多了。平生第一次，我有了真正的成绩，记在老师的成绩登记册上，是根据我真实的回答情况打的；而不像以前，老师不确定我到底知不知道答案，只能给个"假定"的分数。现在我的回答有时还打印出来呢！

可是课间休息的时候我还是一个人待着。外面太冷了，不能出去，因此我们坐在暖气充足的食堂角落里，直到上课。没有女孩跟我八卦，讨论某个男孩子说的傻话；没人答应我放学以后给我打电话，没人请我去参加生日聚会，或者请我去她家过夜。连罗丝也没有。

当然，她会过来跟我聊一两分钟，可贾妮丝或者宝拉一叫她过去看手机上的照片，罗丝就会说："我马上回来！"然后，她飞快溜走，好像很高兴有理由扔下我不管了。

我只是笑笑，希望我没在流口水，假装我没注意。几分钟后，我按键说"回 H-5 班去吧"，凯瑟琳就会推着我去走廊。

一月底的一天下午，狄明老师用一种好像嚼烤面包片一样干巴巴的声音宣布："今天正常的课堂进度暂停一次，我想我们该准备一下'天才小子'竞赛小组的选拔了。"

大家全都欢呼起来，因为本来今天该讲撒哈拉沙漠的，想想吧，真像烤面包片一样热烘烘、干巴巴！

每年，我们学校都派一支队伍去参加"天才小子"知识竞赛。地区级的比赛由来自全市各区县的所有小学派竞赛小组参加，就在市中心的一家宾馆举行。去年我们学校得了地区第二名，校长骄傲极了，请全校学生吃了一顿比萨，虽然竞赛小组只是由四、五、六年级学生组成。

整个州的各地区得第一名的队伍要去首都华盛顿参加全国总决赛，全国比赛会被电视转播，是一件真正了不起的大事。

罗丝飞快地把桌子推到我旁边。"我去年就被选进了天才小子竞赛小组。"她告诉我。

“我知道，”我敲道，“你很聪明。”

她灿烂一笑，靠得离我更近了。“康纳今年也很可能还会入选。他有点不听指挥，但回答细节问题很厉害。”

我瞟了一眼康纳——他正在跟朋友吹嘘去年比赛的情景。“你们真应该亲眼看看我们比赛的那个宾馆房间。金色的枝形吊灯！到处都富丽堂皇！各地来的小孩，看上去都挺聪明。但我们把他们全打了个落花流水！”

“除了一个队，老兄。”罗德尼忠厚老实地嚷嚷，“那个队把你们干掉啦！”全班爆发出一阵笑声。

“是啊，不过今年我们肯定能赢！对不对，狄明老师？”

“我们肯定会尽力而为的，康纳。”狄明老师回答，“比赛规则稍微有点改变，所以今年我们的队伍只有五、六年级学生参加。这让我们有点优势，因为你们有些人去年参过赛了。现在，让我看看我们到底水平如何。来做点样题，就做着玩儿，怎么样？”

“有奖品吗？”罗德尼问。

“不是每次比赛都得有奖品的，罗德尼。”狄明老师说。

“是啊，可最后有好东西等着我们的感觉更有意思。”康纳插嘴说，“行吗？”

“好吧！好吧！那我从午餐包里拿出一块花生巧克力糖吧，稍微压扁了一点。”老师说着把糖举起来，大家又爆发出一阵笑声。

“巧克力吃多了长痘痘，”罗丝跟康纳开玩笑，“我不想要糖——我想要赢！”她把桌子拖回她自己那一排。

凯瑟琳坐在我的另一边。“你想跟他们一起参加热身赛吗？”她问。

“对！对！对！”我敲，“答案——A，B，C，D。容易。”

她咧嘴一笑。“好呀，容易！我们看看会怎么样。”

狄明老师清了清嗓子，微微一笑。“‘天才小子’比赛是每年我最喜欢的赛事。”他坦白，“让我们瞧瞧，今年能不能杀进决赛！”

全班欢呼。

“我先读题目，然后读备选答案，你们把正确的选项写下来。大家都明白了吗？”

康纳举起手来，然后还没等狄明老师看到他，就大声说：“狄明老师，题别出得太容易了，我可有个钢铁的大脑！”

“还有配套的铁嘴钢牙。”我听到罗丝小声说。

“第一题，”老师开始了，“离太阳最近的行星是哪个？

A. 金星

B. 地球

C. 水星

D. 火星

E. 木星。”

“小婴儿都能答出来！”康纳表示不满意。

“康纳，请安静。”狄明老师严厉地说，康纳终于闭上嘴不出声了。

我按了一下机器上的字母 C，等着下一题。

“第二题，”狄明老师继续念，“heptagon[1] 指的是有几条边的形状？

A. 四

B. 六

C. 七

D. 八

E. 九。”

我又敲了个 C。会连着两个答案都是一样的吗？为什么不会？我知道我答得没错。

“第三题，”狄明老师说，“美国国会众议院议员正常的任期是多长？

A. 一年

B. 两年

C. 三年

D. 四年

E. 六年。”

哦……这个问题有点难。印象里似乎新闻上总是同样

[1] 这个词意为“七边形”，但词面上并没有出现数字。

的一些政治人物的面孔晃来晃去。不过我还是选了 B。

D 老师一共给我们出了五十道题，其中有几道数学题，还有科学知识和语法题。最后一题是地理问题：

“大峡谷位于美国哪个州？

A. 加利福尼亚州

B. 亚利桑那州

C. 南达科他州

D. 新墨西哥州

E. 犹他州。”

我从来没去过大峡谷，但我在旅游频道看过关于大峡谷的特别节目，我可以完全肯定，它位于亚利桑那州。我敲了字母 B，按了打印键，凯瑟琳帮我把打印出来的答案交给老师。

“美乐笛也参加了？”狄明老师接过打印纸问，他看了看我，又看了看手里的打印纸，“真不错。”

我不喜欢他说话的那种语气。

他让我们看一部关于埃及金字塔的影片，用这段时间改卷子。我忍不住偷偷看了他好几次。

最后，狄明老师从金边眼镜的上方看着我们。“我算完成绩了。这不是正式选拔赛，不过，今天得分非常高的是宝拉、克莱尔、罗丝，还有康纳。”

康纳从座位上跳起来欢呼：“我就知道！我是头号种子

选手！我最棒！快把那块糖给我！”

“坐下，康纳！”老师生气地说，“你做得不错，但得不了那块糖。”

“谁比我还好？”康纳似乎很吃惊，“罗丝？没关系，真正选拔赛的时候我会打赢她的。”

我看了看罗丝。她对我微笑，脸上露出期待的表情。

狄明老师有一会儿没说话，抓了抓脑袋。最后，他清了下嗓子，说：“今天竞赛的胜利者，赢得花生巧克力糖的同学，得了满分的同学，是……”他又顿了一下，摇了摇头，然后重新说，“全班唯一一个所有问题全对的同学是……美乐笛·布鲁克斯。”

死一般的静寂。没有欢呼声，只有难以置信的表情。

“不公平！”莫莉愤怒地脱口而出，“美乐笛有帮手，偷偷告诉她答案！”

“她肯定作弊了！”克莱尔也大声帮腔。

凯瑟琳从椅子上跳起来，怒气冲冲地走到克莱尔和莫莉座位跟前，崭新的黑皮靴在教室的瓷砖地上敲出刺耳的响声。“我没有帮她的忙！你们难道从没想过，或许她自己也有几分智力吗？”

“她自己连坐都坐不直！”克莱尔气急败坏地嚷嚷。

“身体看上去什么样，跟脑子好不好用没关系！你照照镜子也应该发现这一点！”

“噢噢，攻击得分！”康纳说，好几个孩子笑了。可大部分孩子都颇不自在地东张西望，没人看我。

克莱尔没说什么，我猜莫莉也下定决心闭嘴。

凯瑟琳回到我坐的地方，但这整件事让我恨不得爬到桌子底下去躲起来。

狄明老师举起手，示意全班安静。“美乐笛，请到讲台来领你的巧克力糖，”他说，“今天你非常努力，我为你感到骄傲，你的同学们也跟我一样。让我们给美乐笛一些掌声！”

我坐着轮椅慢慢地来到教室前面，所有同学都鼓起掌来，也许只有莫莉和克莱尔除外。电动轮椅的马达轻声地呼呼作响，他们听不到我的心怦怦直跳的声音。

我觉得老师给我这块糖是为了堵住克莱尔和莫莉的嘴，也为了让我感觉好过些，因为我碰巧答对了所有的问题。可我不是碰巧。我知道答案，每一个问题的答案都知道。

狄明老师把巧克力糖放在我的托盘上。很好，至少我不用担心当着所有人的面把它掉在地上。我垂着头回到自己的座位上。

“我太为你骄傲了！你也应该为自己骄傲！”凯瑟琳小声说，举起手等着我跟她击掌，可我没动。

“不。”我敲。

“为什么不？你打败了所有人！”

我花了很长时间敲出回答：“他们觉得我的脑袋和身体

其他部分一样不管用。”我感觉快要哭了。

“那么，我们只要好好学习，向他们证明他们是错的！”凯瑟琳说，她语气里有一丝不以为然。

“为什么？”我问。

“为了你能加入竞赛小组。”她告诉我。

“不可能的。”我敲。

凯瑟琳正要回答，狄明老师宣布，加入竞赛小组的正式选拔赛一个星期后举行。“这次热身赛许多同学都得了不错的成绩，”他说，“不过，记住，真正的竞赛里，你们还要跟六年级学生比！回家好好学习去，只有最好的能选上。”

“比如我！”康纳大喊。

“如果你够格的话。”狄明老师说，“孩子们，今年我要带一支必胜的队伍去华盛顿，你们想不想跟我一起去？”

“想！”他们都大喊起来。

我很惊讶这帮孩子为了学习也能激动成这样。但狄明老师，显然，像个球队教练一样把他们团结到了一起。

“你们愿不愿意好好学习，将来上电视？”

“哦，愿意！”

“我们赢了的话，你会买件新西装吗？”康纳脱口而出。

狄明老师居然笑了。“就这么说定了。买件新西装——蓝色的吧——再买件红色的缎面马甲。”

全班爆发出一阵热烈的笑声和掌声。

“那么，全力以赴吧！”狄明老师说，“我要出些特别有挑战性的问题，今年，让我们焚膏继晷，为竞赛做好万全准备！”

“啊，他已经开始用难词儿了。”我听见莫莉对克莱尔咬耳朵。

“超难的问题？”康纳哀怨地说。

“这么看吧，”狄明老师对康纳说，“如果美乐笛·布鲁克斯都可以赢第一轮，那一定是我的问题不够难！我们要团结起来，赢得比赛！”

大家都欢呼起来。

除了我。

第十八章

那天放学后，我心情恶劣，脾气很坏。V 阿姨给我准备好了一摞新的生词卡，佩妮戴着 V 阿姨的印度无檐帽，样子可笑得很。而且，她一直扯着嗓子唱一首愚蠢的儿歌，唱个不停。我抡起胳膊，把一摞卡片全扫到了地上。

“谁往你的酷爱饮料里放盐了吗，不高兴小姐？”V 阿姨问。她没有去捡地上的卡片。

佩妮不唱了，站在那儿眨巴着眼睛看我。

我关上语音电脑，把头扭到一边。

“很好，就那样。不过你要把那些卡片全部都捡起来！”

我噘起嘴唇，盯着墙看。

佩妮伸出手来摇晃我的胳膊，我使劲把胳膊扯出来。她似乎不在意，又开始唱：

“高兴，高兴，高兴，就拍拍脚，

高兴，高兴，高兴，就擤鼻子，

哔嘀——啵嘀——包嘀，就跳呀跳。”

她跳呀跳，跺跺脚，把这首歌再唱一遍，然后再唱一遍。

她实在让我浑身难受。我真希望她闭上嘴！一直说个不停，走个不停，跳啊，蹦啊，唱啊。不能停下吗？就一小会儿，拜托，停下！

可她就不停。“嗨，笛笛。”她说，把嘟豆放在我的托盘上。

我把这破玩具推到地上。

“嘟豆，笛笛。”她把那个愚蠢的破烂儿捡起来，又放在我托盘上。

我又把它推下去。别打扰我！我想尖叫。

佩妮对于各种东西从我的轮椅上掉下去已经很习惯了，所以她不知道我正在大发脾气。她第三次把嘟豆放在我的托盘上，我使劲把它往地上一扫，胳膊碰到了佩妮的头，她被撞倒在地。

她惊讶地看着我，抓起嘟豆，眼泪汪汪地跑去找V阿姨了。

“什么事情惹着你了，美乐笛？”V阿姨一边把佩妮抱在腿上轻轻摇晃，一边问。

叫我怎么解释呢？

我不想哭，可我忍不住。我挪动轮椅，让它面对着墙，这时电话铃响了。V阿姨看看我，再看看电话，叹了口气，起身去接。

“哦，你好，凯瑟琳。”

凯瑟琳？我把轮椅稍稍转了个方向，竖起耳朵。

“心情不太好？”V阿姨问，“嗯，说实话，她今天下午似乎是有点闷闷不乐。不，我收回那句话，她十足成了个坏脾气的怪物。”V阿姨看到我在看她，对我做了个鬼脸。

我怒目而视。

“她把问题全答对了？我一点也不奇怪——这孩子聪明着呢！”

聪明有什么用。

“老师说什么？”

好极了，现在每个人都会知道了。光是想一想就让我又一次觉得自己像没用的垃圾。

“当着全班同学的面？他算是个什么老师啊！”V阿姨看起来怒火中烧。

“她什么反应？没关系，我已经知道了。她坐在那儿，就像我们在水族馆里看过的气泡鱼一样，气鼓鼓的，浑身是刺。”

这倒真有几分接近我现在的感受。

“非常感谢你打电话来，凯瑟琳。”V阿姨说，“对，麻烦你今晚给她父母打个电话，我肯定也会跟他们谈的。我现在就来解决这个问题。”

说完那句话，她挂了电话，把佩妮放到地上，双手叉腰，转过身来瞧着我。

我想就是那个时候，她过来抱了抱我，让我觉得好受些了。

“那么说，你测试得了第一，可接下来却栽了跟头？”她对我说，声音里透出愤愤不平，顺手把我的语音电脑也打开了。

为什么她好像在生我的气啊？我惊讶地看着她。

“他伤害了我的感情。”我答道。

“那又怎么样？”V 阿姨气势汹汹地追问。

“其他小孩都笑了，连罗丝也笑了。”那是真的，尽管我非常不愿意承认，就连罗丝也捂着嘴使劲忍住笑。

“你是不是得了全班最高分？”V 阿姨问。我希望她为我感到难过，可 V 阿姨完全无视——我早该知道她不是那种人。

“是。”

“凯瑟琳有没有以任何方式帮你——哪怕一点点？”

“没。”

“那我们开始吧。”

我有点莫名其妙地看着她。“开始干吗？”我问。

“给你制订学习计划。你和我，咱俩要练习、准备、力争上游。我要给你出题，你呢，要回答。我们要学地理、科学、数学——成千上万条令人愉快的知识！”

她语气十分兴奋。

“为什么？”我小心翼翼地问。

“你知道运动员怎么为奥林匹克竞赛做准备吗？他们从一大清早一直游泳到深夜；在跑道上一小时又一小时地跑，没有人在旁边给他们加油鼓劲。”

“我跑不了很快。”我敲道，然后对她咧嘴一乐。

“也许跑不快，但你的头脑是学校里反应最快、最强的。下个星期你得去参加竞赛队的选拔赛。”

“他们不会让我参加竞赛队的。”我慢慢地打出字。

“哦，会的！他们会想要你的，没问题！他们需要你，美乐笛。你会成为他们的秘密武器。”

“你真这么想？”

“我非常肯定。现在，赶紧把那些装模作样替自己难过的想法都丢开，开始学习！我们有一个礼拜。我是教练，你就是我的运动员，准备出汗吧！”

“汗好臭！”我笑着告诉她。

“那我们就臭一臭！不过首先你得把那些卡片全部都捡起来。”

我明白跟她争是没用的。她把我从轮椅上抱下来，放到地上，走出了房间，我把刚才被我扔了一地的卡片归置到一起，堆成一堆。佩妮也来帮忙。

然后，V 阿姨把我放回轮椅上，我们开工了。她绝对是个严格的教练。“测试是什么形式？”她问我。

“A，B，C，D。”我敲。

“单选题！太妙了！对你来说是小菜一碟。”

这个我可不确定，但我谨慎地没有发表不同意见。

她走到电脑前，找到了一个网页，上面列着美国每个州和首府的名字。

“在学校学过了。”我告诉她。

“好极了！那么我们再学一遍。”

我装出呻吟的样子。

然后，V阿姨查到了全世界主要国家的首都。嚯，世界上的国家还真不少呀！不过她只要大声读给我听，我就把这些知识都牢牢塞进了脑子里。

“匈牙利的首都是哪儿？”她问。

我知道答案是布达佩斯，她还没给选项我就知道了。

A．阿克拉

B．柏林

C．新德里

D．布达佩斯

我按了D，毫无疑问。V阿姨没费事停下来欢呼，而是继续出题。

我答对了好多问题：东京是日本的首都，亚的斯亚贝巴是埃塞俄比亚的首都，渥太华是加拿大的首都，波哥大是哥伦比亚的首都。她一直考我考到老爸来接我们回家。

V 阿姨把嘟豆和几块没用过的纸尿裤塞进佩妮的包里，同时简单地说明了一下学校发生的事，她打算怎么做，还有我们正在做什么。

“你确定？”爸爸瞟了我一眼，问她，“也许我们为她做的这些安排，最后会遭到失败，那她受到的伤害会更大。”

“我绝对肯定！”V 阿姨坚决地说，“美乐笛能留下来多学习一会儿吗？就在我这儿吃晚饭，我过几个小时把她送回去。这样你也能有一点跟佩妮单独相处的时间。”

“你高兴这样吗？”爸爸问我。

“对！对！对！”我敲，“我想这样。”

“那就加油吧，我的美乐笛。”爸爸说。他对 V 阿姨比了个竖起两只大拇指的手势，然后带着佩妮走了。

晚饭后，我们开始攻读科学。我知道了腿上的骨头有股骨、胫骨、髌骨和腓骨。为什么它们不能叫点儿简单的名字，比如“膝盖骨”，还有“细腿骨”呢？但我都记住了。

我知道了昆虫是“节肢动物”，而且它们也有胫骨！只不过它们叫做“胫节”。

“研究昆虫的学问叫做‘昆虫学’。”V 阿姨说，“这让我有了个主意——我们来学学所有以‘学’（ology）结尾的单词！”

我用手抱住头，假装痛苦地呻吟，但内心深处其实兴高采烈。

“下面哪个词的意思是研究词和词义的学问？”我们复习了超长的一串“×× 学”生词之后，她问。

A. 文献学（Bibliography）

B. 考古学（Archeology）

C. 组织学（Histology）

D. 词汇学（Lexicology）[1]。

我考虑了一分钟。我知道她在给我设陷阱呢，“组织学（histology）”拼写和“历史（history）”很像，不过不知道为什么，我觉得它跟皮肤有关。而“文献学（Bibliography）”是关于书而不是词的学问。我敲了D。

这一次她真的欢呼了。“我来送你回家，美乐笛。一流运动员需要睡眠充足，我们明天再接着练。”

我对她一笑，一方面觉得很累，同时又觉得精力旺盛。

V 阿姨给凯瑟琳打电话说明了情况，告诉她午餐给我喂通心粉的时候，别忘了把知识也一并塞进我脑瓜里。于是第二天早上，当然，凯瑟琳说干就干。

在 H-5 班，凯瑟琳给我戴上了耳机。我听了一盘讲火山的旧磁带，磁带有点沙沙声，少数地方还有点断断续续，但它给我带来了知识。火山（volcano）这个词来源于古罗

[1] 原文中这些词都是以-ology后缀结尾的，这些词的词根大多由拉丁文演变而来，从字面上很难推断出一个词的意思，不像中文里基本上可以望文生义。

马神话里的火神伏尔甘（Vulcan）的名字，不过这一点我自己也能想明白。我学到了熔岩和火山灰的知识，还知道了维苏威火山喷发时，古庞贝城被整个掩埋起来的情景。这些东西意外地有趣。

我还听了别的磁带，讲澳大利亚和俄罗斯的，讲满天星座的，讲八大行星的。

“你从那些老掉牙的好东西里学到什么了吗？”凯瑟琳问我。她正在给我换另一盘磁带，是讲疾病的。

“知识总归是好的。”我敲。

“我深有同感。”她答道，“你还为狄明老师课上的事烦心吗？”

“记忆已删除——需要腾出空间记知识。”我花了点时间慢慢打字。

她对我竖起了大拇指。

“我有点害怕，”我坦白说，“假如我搞砸了呢？”

“你可以做得到的，美乐笛。”她严肃地说着，帮我调整了一下耳机，“你的智商绝对够加入竞赛队了。”

“我考试的时候，你走开，”我敲，“让克莱尔没话说。”

“知道了！”凯瑟琳说。她举起手来跟我击了一下掌。其实不太像是击掌——不如说是腻腻歪歪地握了一下——不过我们观点一致。

除了午饭和休息时间，我一直都在听磁带，和凯瑟琳一起学习。她给我出题，考了史实、日期、古代国王的名字，还有数学。数学可能对我来说比较难，词语很容易就流进我的脑海里了，可数字似乎沉在水底，像大石头一样。我不知道为什么。

“我们再来一次。”凯瑟琳温和地说，因为我刚被一道讲火车啦速度啦的数学题搞得昏头昏脑。

现在美国都没人乘火车了！还有什么好算的呀？

可凯瑟琳坚持讲到我弄明白了为止。而我发现，如果我在脑海里把数字转化成图画故事，就比较容易得出答案。我把数字变成了词语。魔法！

到了该去上融入课的时候，我摇着头告诉凯瑟琳我不想去。我想待在教室学习。

很显然，没有人惦记我。没人往 H-5 班发一条生气的信息，问美乐笛为什么今天没去上课。没人在门口探头探脑，看我是不是没来，还是病了，还是倒在地板中央口吐白沫四肢抽搐。

似乎根本没人注意到。

第十九章

一个礼拜一眨眼就过去了。我每天在学校和凯瑟琳一起学习，放学后和V阿姨一起学习，晚上在家自己学习。我复习了语音电脑里所有功能区的词，反复练习长难词的拼写、重大事件发生的时间。我自己出题自己做。妈妈考我花的名字和医学术语，爸爸问我经济学、零售管理和体育运动方面的问题。我狼吞虎咽地汲取知识。

有时候，我坐在自己的房间里，往电脑里输入新的句子，让埃尔薇拉说。一个一个字母敲，要花上好几个小时。不过一旦建立好条目，我只需要按一个键，埃尔薇拉就会替我说出整句话。

我能猜到别人最常问我的问题，形式可能有所不同，但中心意义一样。“你到底有什么毛病？”人们通常想知道我是不是病了，或者我是不是哪里痛，或者我这种情况能不能治好。因此我准备了两种回答——一种比较礼貌，但有些啰唆；另一种有点伶牙俐齿，很不客气。对于那些真心关心我的人，我按一个键，说："我患有痉挛性双侧四肢瘫痪，又叫脑瘫。这种病限制了我的活动，但不能限制我的思想。"我觉得最后那半句相当酷。

对于像克莱尔和莫莉这样的人，我说："我们都有残疾。你哪儿残了？"我简直等不及用上这一句。我演示给V阿姨听的时候，她都笑岔气了。

这是选拔赛之前的星期六，V阿姨和我坐在她家前门的门廊里。我穿一件轻便夹克，虽然是二月，不过这是个少见的温暖天气，暖和得让风信子上了当，以为春天来了。我很想警告那些小花蕾，对它们说：等等！下个星期还要下雪的。再忍耐一个月呀！可每年都有早开的春花在冬季最后的冰雪里瑟瑟发抖。

我们看着一缕一缕的薄云在头顶盘旋。一只淡黄色的金翅雀停在栏杆上，望着廊下悬挂的空空的喂鸟器。如果它会说话，我敢说它一定想要点它最爱吃的蓟草籽——还有多一些今天这样的温暖日子。

"如果你能飞，你会做什么？"V阿姨看看小鸟又看看我，突然说。

"这是考试题吗？"我问，一边打字一边笑。

"我想别的一切我们都学过了。"V阿姨轻声笑起来。

"我会害怕放开手。"我敲。

“怕摔下来？”她问。

“不是。怕感觉太好，我会飞走，一去不回。”我花了很长时间才敲出这一句。

她很长时间没有说话。最后，她说：“你就是只小鸟，美乐笛。星期一，你去考试的时候，一定会一飞冲天。”

我听到隔壁我们家的大门响了一声，妈妈和佩妮走出来在门廊里转悠，我对她们挥挥手。奶油糖很明显因为松开了皮带而高兴不已，在她俩身边蹦蹦跳跳，跑去把每一棵树干底部都嗅一嗅。

佩妮坚定不移地往前走，小脸上一会儿皱眉一会儿微笑，全神贯注地沿着我们两家房子之间的小路往前走，然后手脚并用地爬上门口的台阶。她穿着胖鼓鼓的小棉服，戴着每日一帽——今天是蓝色的草帽，已经变形了，皱得不成样子，因为她的小屁股坐在上面的次数太多。可怜的嘟豆当然也被她拖在身后。

“笛笛！”她终于爬上最后一级台阶，叫道。看到她那么容易就能做到这些事情，我仍然觉得惊讶。

我想到V阿姨问我的问题，于是碰了碰她的袖子。“自由，”我敲道，指着佩妮，“自由。”

瓦伦西亚阿姨点点头。她懂得。

“天气多明媚呀！”妈妈深呼吸，“你们觉得冬天是不是过完了？”

“还要冷的。”我敲。

“你说得没错。不过这绝对是个美好的预演。”妈妈一边说一边给佩妮拉开外套拉链，“学习小组进展如何？”

奶油糖在台阶下面坐下。我发誓，这狗看起来好像在微笑。

“挺好。”我通过语音电脑说。

“维奥莱特，你真了不起。”妈妈说，“你花了那么多时间和精力去教她，帮她准备比赛，还有……”她说不下去了，使劲眨着眼睛，“你肯定教了她有几千个单词。”

“佩妮学会几千个单词，似乎没人感到惊奇。”V阿姨耸耸肩说，“美乐笛跟妹妹并没有两样啊！”

妈妈点头表示同意。“我知道你说得没错，可是……可是……只是这一切对美乐笛来说那么困难，难得多。”

“不，有困难的是我们。我们得想办法弄明白她脑子里都装着些什么。”

我真不耐烦听她们这样谈论我，好像我在另一间房里一样。我把语音电脑声音调大：“我们吃饼干吧！”

“饼干！”佩妮积极响应。

V阿姨站起身来。“我听见啦，佩妮宝贝。让我去给咱们找点甜甜的好吃的！”她往屋里走去，又停下来转向妈妈，柔声说，“美乐笛小姑娘在我心里一直有个特别的位置。”

“烧心！”我敲。

这句话把她们俩都逗笑了。

几分钟后V阿姨端着一盘热腾腾的碎巧克力曲奇饼干来了，还有两份装在防漏鸭嘴杯里的牛奶，红色的杯子上印着迪斯尼公主的图案。我很不愿意承认，鸭嘴杯的确让我喝得容易些。

“饼干！”佩妮尖叫。她往盘子里伸手，但妈妈把她的胳膊拉回来了。

V阿姨用纸巾托着两块饼干给妈妈，妈妈吹了一会儿，给了佩妮一块，她麻溜地把一整块饼干都塞进嘴里。

“瞧瞧我的佩妮小猪。”妈妈笑起来。

V阿姨把给我的饼干掰成小块，放了一块到我嘴里。虽然我最喜欢焦糖口味，但这些饼干简直是在巧克力天堂里做出来的。V阿姨给我喝了几口凉牛奶，帮我把饼干咽下去。饼干配牛奶超棒，刷地一下就滑进肚子里，嚼都不用嚼。当然，我希望有足够的控制能力，能自己吃饭，但这只能停留在我的梦想列表上——此外列表上还有走路、自己上厕所，还有——哦，对了——还有飞。

V阿姨的问题打断了我的思绪：“我们用来做巧克力的可可豆，哪个大洲产量最多？”

“非洲！”我敲。

她点点头，给我喝了一口牛奶。“美国哪个州牛奶产量最高？”

“加利福尼亚。”我答道。

“我看你完全准备好了，美乐笛！”V阿姨宣布。

妈妈伸手摸摸我的脸颊。“礼拜一你要把他们全震了！”

“然后呢？”我敲。

“然后你就去竞选总统！”V阿姨插话说。

“对，太对了。”我敲出几个字。

就在那时，老爸的车回来了，停在家门口的车道上。好家伙，我们家的大旧车真需要去趟洗车房了！

“我猜查克今天早下班了。”妈妈说，看起来很高兴，“也许今天能早点吃晚饭。”

老爸从车里出来，伸展了一下胳膊腿，向我们挥挥手。

佩妮双眼放光。“爸爸！”她喊着，站起来，朝我们看看，小恶魔般地咧嘴一笑。

“你敢！”V阿姨用“我很严肃”的那种语气警告她。

佩妮充耳不闻。“去车上，拜拜！”

她热爱坐车。不管去哪儿，全没有关系——商店、邮局——只要能坐到后座上属于她的小小安全座椅里就行。在我看来，这实在没什么意义——每次我们还没转过第一个街角她就已经睡着了。

她匆匆忙忙、跌跌撞撞地下了几级台阶，然后又走了两步，等着妈妈的反应。

“佩妮·玛丽·布鲁克斯，快把你的小屁股给我挪回来！”

老妈大喊。每次妈妈连名带姓一起叫，就表示她非常严肃。

佩妮已经走到最下面一级台阶，回头看着我们，得意地一笑，说：“看爸爸！去上班！”然后，她迈着两条小胖腿，能跑多快就跑多快，往爸爸那边冲去。

当然，妈妈对此另有看法。奶油糖也一样，它跳起来，发出三声短促的吠声——简直像妈妈连名带姓地喊出三个词——沉着冷静地往佩妮前方走去，阻拦她的去路。

“好狗狗，”妈妈说，“回来，小鼓脸！”这时候她已经飞快地跑下台阶，抓到了妹妹。“这小孩，”她对正缓步而来的爸爸说，“是个逃跑专家！我需要四双眼睛盯着她！”她把佩妮脸上粘的巧克力擦掉，用鼻子亲昵地蹭了蹭她。

“还好你有奶油糖，”爸爸一边说一边胡噜着小狗的脑袋，“我的闪亮小铜板佩妮今天怎么样？”爸爸亲了一下妈妈的脸颊，从她手里接过佩妮。佩妮成功地把手里剩下的巧克力抹在爸爸胸前的衬衣上。

“啊，正是我求之不得的，”爸爸低头瞥了一眼说，“巧克力糖衣衬衫！”V阿姨递给他一张餐巾纸，却把污迹抹得更大了。爸爸只是笑。

“上班，爸爸？”

“爸爸刚到家。让我喘口气吧，宝宝。”他动作轻柔地把佩妮交到V阿姨手里，然后和妈妈并排坐在门廊的秋千椅上。“我最心爱的美乐笛今天过得怎么样？”他问我。

“超好。”我在机器上打字。

“竞赛准备好了？”

“对！”我敲。

爸爸站起来，在我面前蹲下。“你在比赛里表现绝不会差，肯定能进竞赛队。”我可以看出他是认真的。

我对自己有信心。我的家人也有信心，还有V阿姨。

我不敢肯定的，是世界上其他的人。

第二十章

今天的天气被我说对了。我希望那些番红花的小花蕾都有小小的羊毛毯盖，因为气温一下又跌回到零度左右，今天早上我们进教室的时候，教室里冷飕飕的。

学校公共广播系统像每个星期一一样，响亮地播放着各种通知，糕饼义卖会啦、足球队训练什么的。绝大部分时候，H–5 班没人会去注意广播，包括香农老师。我们自己班上早晨的鸡飞狗跳就够忙活的了。

香农老师想办法给我们弄了个最新游戏机，我不知道她从哪儿弄来的。威利超喜欢里面的棒球游戏，我已经学乖了，在他紧盯屏幕、假装击球的时候，一定要躲得远远的。有时候他挥棒的动作幅度实在太大。“安打！”他会满怀胜利的喜悦嚷道，然后就拼命满教室跑垒，连弗莱迪也追不上他。

我通常坐在角落里，戴着耳机，努力把这一切都隔绝在外。

可今天我仔细地听着广播公告。听到校长的声音时，我心跳加速，胳膊也因为兴奋而抽搐起来。校长说："所有想参加'天才小子'竞赛队选拔赛的同学，放学后请到狄明老师的教室报到。"

我一整天都很紧张。我没告诉罗丝我打算参加选拔赛。我想过，可还是决定不告诉她了。假如她说这是个蠢主意呢，我觉得我会忍受不了的。

接着，午餐时间，我弄洒了西红柿汤，衬衣前襟全弄脏了。凯瑟琳想帮我擦干净，可你知道，红色的污渍想从白衬衣上弄下来是不可能的。我感觉自己像个邋遢鬼。我真应该今天早上就想到这点，我本来可以告诉妈妈，让她往我包里放一件备用的衣服。这些话我现在能够说出来了——还是很容易忘记这点。

整整一天我都没出教室门去上融入课，因为我想一直复习到最后一分钟。最后一道铃声一响，我就抓住凯瑟琳的胳膊。"快点！"我打字，"去狄明老师的教室。"

我坐的是电动轮椅，但我们还是把它调到手动挡，这样凯瑟琳可以推我。我太紧张了，开不了轮椅。

我们到达狄明老师的教室时，一群孩子已经在那儿了，都是跟我一起上历史课的。他们凑在一起交头接耳，复习笔记卡片。凯瑟琳把我推进去，他们都惊讶地抬起头来。

“嗨，美乐笛。”罗丝说，“你来这儿干吗？”她的声音似乎不像平时那么友好了。

“竞赛队。”我敲出字。

“她不可能加入竞赛队，”我听见克莱尔对杰西卡小声说，一边说一边皱起鼻子，“她是从弱智班来的！”

莫莉觉得好笑得不得了。她笑起来尖声尖气，像一只刺耳的蓝松鸦。

我感觉到心里怒气升腾，但决定无视她们。我必须集中注意力。又有几个学生鱼贯进入了教室，有五年级也有六年级的。我不太认识六年级学生——他们的休息时间跟我们不一样。我很好奇，他们是不是更聪明些？他们有更多时间学东西嘛。

有几个小孩对我指指点点，小声说话。过了一会儿，狄明老师匆匆忙忙进来，抱着一沓塑封起来的卷子，进门后先扫视了一圈，看看都有谁来参赛。他看到我的时候微微皱起了眉头，但没说什么。他在讲台上放下考试卷，问候了我们所有人。

“欢迎，”他说，“我非常高兴有这么多同学选择参加今天下午的竞赛选拔。考试将很有挑战性，同时也很有意思。在考试开始之前，大家有问题吗？”

当然，康纳举手了。

“什么事，康纳？”狄明老师好脾气地叹了口气说。

“呃，我们训练的时候，会不会像去年那样有比萨什么的吃？”

“你不觉得你得先选上竞赛队吗？”他的好友罗德尼嚷嚷道。

“罗德尼说得没错。我们还是一步一步来吧。”狄明老师从讲台上拿起那摞试卷，像宝贝一样抱在手里。

“我手里拿着‘天才小子’全国总部从华盛顿发来的官方竞赛题。我会把问题读给你们听，就像真正竞赛时一样，然后……”他停了下来，瞪着眼。

每个人都东张西望，想知道是什么打断了他的话。是我。

狄明老师用手轻轻敲着那沓卷子，过了一会儿，他清清嗓子，对凯瑟琳说：“你知道，我觉得美乐笛在这儿不合适。这不是为了好玩的娱乐活动，这次测试的目的是为了选出我们学校的正式代表队。”

他甚至不是在对我说话。他的目光直接从我头上越过去，望着凯瑟琳，好像我是隐形的。现在我真的怒了。

我把语音电脑音量调大——相当大。“我是来参加选拔赛的。”

狄明老师眨眨眼。“美乐笛，我不希望你的感情受到伤害。这次测试非常难。”

“我很聪明。”

“我只是不想伤害你，美乐笛。”他的声音听起来很真诚，多多少少。

“我够坚强。”我打字。

“加油，姑娘！”罗丝突然从教室前面说了这么一句。还有其他几个孩子也拍手表示支持。

这让我感觉好了一点，就一点点。

凯瑟琳大声说：“根据法律规定，您不能把她排除在外。您知道的，先生。”

“是的，可……”

“您还是按计划把问题读给学生。他们会把答案写在练习本纸上，美乐笛会在电脑上敲出来，然后把答案打印出来交给您。”

“我们怎么知道你不会帮她的忙？”克莱尔问。

“因为我不会待在教室里，”凯瑟琳答道，“太可惜了，因为你可能需要帮忙！”凯瑟琳对她咧嘴一笑，但克莱尔把脸扭开了。

我对凯瑟琳说：“现在走，”我几乎把她推了出去，“谢谢你。”

“你妈妈会来接你？”

“对。”

“祝你好运，美乐笛。不管怎么样，在我眼里你都是冠军，明白吗？”

“明白！”她走出教室，我挥挥手。

狄明老师耸耸肩膀，继续进行考试说明。“一共有一百道竞赛题，每道题我读一遍，每个备选答案也只读一遍。你们有三十秒写下答案。请注意，只能写大写字母A、B、C、D，有时可能有E。有问题吗？”

克莱尔噌地一下举起了手。

“什么？”

“我们怎么知道美乐笛电脑里没有存着答案？我们普通人都不让用电脑的。”

“你干吗这么担心美乐笛？”狄明老师还没来得及开口，罗丝就抢先答道，“是不是怕她的分数比你高？”

“不可能！”

“那就安静，我们好开始。”

狄明老师对罗丝微微一笑。“同学们，拿出两张纸。一张用来写答案，另一张遮盖在答案上面。诚实是我们的信条，但多用一张纸也没坏处。”

大家开始乱糟糟地拿纸拿笔，然后，一种静静期盼的感觉在整间教室弥漫开来。狄明老师将官方测试卷启封，打开第一页。

“我们现在开始。”他说，他的声音突然变得非常正式，“第一题。哥伦比亚的首都是：

A. 布鲁塞尔

B. 圣地亚哥

C．波哥大

D．雅加达。”

他停了一下，每个人都在匆匆写下答案。我敲了 C 字母键。感谢老好 V 阿姨和她做的首都知识卡！

“第二题。”狄明老师继续。“Gerontology[1] 是关于什么的学科：

A．老年人

B．动名词

C．宝石

D．岩石和珠宝。”

我果断地按下了 A。目前为止，一切顺利。

考试持续了三十分钟左右。狄明老师问的问题无所不包，一会儿是原子和云彩，一会儿是鱼和哺乳动物，一会儿又考到了著名的宗教和早已离世的总统们。有些问题我非常确定，还有几个问题是猜的。数学问题让我出了一身汗。这次考试是我做过的最难、最刺激的事情了。

最后一题绝对是个杀手锏。

“第一百题，”狄明老师说，声音里透出轻松，“一个普通成年人的小肠，如果全部横向展开，大约有多长？

A．八至十二英寸

[1] 老年病学，它在英语中是个比较生僻的词。选项B、C的词形都和这个词开头相似。

B．一至二英尺

C．五至七英尺

D．二十至二十三英尺[1]。"

我按下D键，希望我猜得对，然后如释重负地呼出一口气。结束了。

"请大家停笔。"狄明老师说，"检查一下名字写了没有，然后把答卷用另一张纸遮好，从后往前传。"

大家都忙着收拾卷子，急急忙忙写名字。我按了一下语音电脑的打印键，从机器侧面出来一条狭长的纸条，上面印着我的答案。狄明老师走到我的座位旁，把纸条撕下来。他没有看我。

"任务结束了，"他对全班说，"已经通知了你们的父母什么时候来接，不过如果谁需要搭个便车，跟我说一声就行。每个人都安全地离开学校之后，我才会离开这栋楼。"

我是最后一个出教室门的。我知道妈妈很可能会进教室来接我，但我想靠自己的力量出去。我把轮椅调到电动挡，开动它转了个方向，冲着门。

"美乐笛。"狄明老师叫我。

我转过来。

"希望今天这些事情没有让你灰心沮丧，我只是想保护

[1] 一英尺等于三十点四八厘米。

你不受伤害。”

“我没事。”我对他说。

“我明天会宣布成绩，还有竞赛队成员名单。我不希望你到时候失望。”

“我明白。”然后我问他，“分数最高的八个人入选？”

“是的。四个正式队员，四个替补。”

我很累，而且开始有点流口水了。我敢肯定他觉得我是个笨学生，而且还很邋遢。我感觉胸前衬衣的红色污渍像在尖叫。

“那好，再见。”

“再见，美乐笛。明天见。还有，呃，你可能需要擦一下嘴。”

我用衬衣袖子在嘴唇上胡乱抹了一下。沾着番茄汁的衬衣。我可以想象他在想什么。

我几乎和急急忙忙进教室来的妈妈撞了个满怀。

“你怎么样，宝贝？”她喘着气问。

“挺好，我猜。”

她又对狄明老师说：“谢谢您给了她这个参与的机会。”

“荣幸之至，布鲁克斯太太。美乐笛是个令人愉快的小姑娘，我对她能取得现在的成绩感到惊叹。”

哈，没错。流口水、脏衬衫是够令人愉快的。

“我们走吧，妈。”我打字。我需要上厕所，而且我想回家了。

第二十一章

在学校上厕所这事儿真是糟糕透顶。我得让人把我从轮椅里抱出来，放到马桶上，扶着我以防我摔下来。完事后，还得让人帮我擦屁股。

如果做这些的人是妈妈，还不算太糟，可如果是生活老师，那真叫我难受。按法律要求，生活老师得戴上塑胶手套——我猜是为了以防万一我有什么传染病吧。这真是叫人尴尬极了。平时早上我通常并不急着去厕所，可星期二我太紧张了，我让生活老师带我去了两次。

接下来，我去上了所有的融入课。参加了前一天的选拔赛的学生不住地聊着考试的事，我仔细听他们说的每个字。

“我不敢相信考试那么容易！”康纳夸口说。

“我敢打赌我的分数比你高。”克莱尔用傲慢又自负的声音说。

“我觉得那些地理题考得太生僻了。”罗丝补充，“那些国家我听都没听说过。”

杰西卡摇摇头。“数学部分也不那么好玩儿。”

“我简直不相信我们竟然会在乎一场竞赛队的傻考试。”罗德尼发表评论。

“因为竞赛要上电视的，老兄！”康纳答道，“我们市的电视台会隆重报道，如果我们进入决赛，就能去华盛顿，到时候电视台会全国报道的。假如我们赢了竞赛，就能上《早安美国》节目，那我奶奶在费城、我阿姨在旧金山就都能看到我了，我要出名啦！”

“什么意思啊，康纳，‘假如我们赢了’？”克莱尔问，“你是不是说‘当我们大获全胜的时候’？”

“没错，当然。我已经买了一件新西装，上电视的时候穿。”

罗丝翻了个白眼。“我认为这是个团队竞赛，康纳。”她提醒他。

“嘿！没了我，团队就什么也不剩了！”康纳把手举得高高的，等着跟人击掌。

我坐在教室后排安静地听着。狄明老师的课上课铃响的时候，我的掌心出汗了。

凯瑟琳把我推进教室，在我耳边小声说：“放松点。你棒极了。”

狄明老师叫全班安静，开始一一点名。为什么你真盼着老师做点什么的时候，他们却总是动作这么慢呢？

最后，他从公文包里拿出一张纸。“昨晚我改完了选拔赛的卷子，因为很多入选竞赛队的同学都在这个班上，我决定现在就告诉你们结果。其他班上有学生入选的，我已经给了他们老师同样的名单，现在也在同时向他们宣布结果。”

“快读名单吧！”康纳嚷道，从椅子上站了起来。

“康纳，如果课堂表现也是竞赛队的选拔条件之一，你就该有麻烦了。”狄明老师说，“请你安静一会儿。”

这话让他闭上了嘴，扑通一声坐了下来。

“首先，我为所有参加考试的同学都感到非常骄傲。考试相当难，而你们都做得非常非常好。”

罗丝举起手。

“罗丝，什么事？”

“我们稍后能看到试题和答案吗？我们想知道哪儿做错了。”

“当然了。事实上，我们要用这次试题作为一种学习工具，来为真正的竞赛做准备。不过所有人都可以自由查看试题和自己的答案。”

“请您赶快读名字吧！”康纳说。这是我听过他说的最有礼貌的一句话了。

狄明老师微笑起来。“好的，我会的。我要先读替补队员的名字。两个五年级学生，两个六年级学生。他们是：阿曼达·费尔斯通、莫莉·诺斯、艾琳娜·罗德里格斯和罗德

尼 · 莫苏。”

我的心沉到了鞋里，还没有沉到底——地板上，不过快了。我怎么可能做错了那么多题呢？也许我的大拇指打滑了，按错了字母。凯瑟琳用力握了握我的手。

莫莉和罗德尼发出喜悦的尖叫，阿曼达和艾琳娜是六年级学生。康纳安静得出奇。

“接下来，”狄明老师继续说，“我要宣布四个得分最高的学生，他们将代表我们学校参加在市中心举办的地区竞赛。替补队员要跟他们一起去，假如任何正式队员因任何原因无法参赛，替补队员就要顶上。准备好了吗？”

“准备好了。”康纳轻声说。我注意到他放在背后的食指和中指交叠着[1]。

“我很骄傲地告诉大家，四个正式队员都在我们这个课堂上。”他停了一下，“得知所有的决赛选手都是五年级学生后，我惊讶极了。祝贺你们，太棒了！”

“我们把六年级干掉了？太牛了！”罗德尼说，“快宣布吧，要不然康纳都要尿裤子了！”康纳伸长胳膊往罗德尼的后脑勺上拍了一下。

狄明老师深吸了一口气。“四位最高得分、我们竞赛队的正式成员是……康纳 · 贝茨——”

[1] 欧美国家人们祈求好运的一种手势。

康纳爆发出一阵疯狂的欢呼声，打断了老师的话。

“请让我继续，”狄明老师从眼镜上方瞧着我们说，“此外让我们祝贺克莱尔·威尔逊和罗丝·斯宾塞。”

克莱尔扬扬自得地笑了。

“可这才三个。”康纳说，迷惑地四下打量。

“我会数数，康纳。”狄明老师干巴巴地说。

“那竞赛队的最后一个人是谁？”莫莉问。

地震报道：电视台天气预报员感觉到当地一所小学传来奇怪的活动迹象。可能是一个小姑娘的心跳——跳得太重了吗？

狄明老师清清嗓子。“我必须道歉。我想我们都低估了班上的一位同学。”

地震报道：这回可是场大的。

他继续说。“我负责辅导这项竞赛有十五年了，从来没有过一个学生能在选拔赛里得满分。选拔赛总是特意设计得富有挑战性，因为它的目的是淘汰较弱的选手。简而言之吧，它很难。”

“那还用说。”康纳咕哝道。

“上个礼拜，美乐笛·布鲁克斯和我们一起参加那次小小的热身赛时，我以为她做得那么好是一次幸运的意外。可昨天，美乐笛把我们所有人都震住了：她每一题都答对了。”他停顿了一下，确定大家全都听明白了，然后说，“所有问题，全对。”

地震报道：到处天崩地陷、墙倒垣塌！

“那么说她也加入竞赛队了？”罗丝难以置信地问。

“是的，她是竞赛队成员了。”

“可是……可是……我们会看起来很怪！”克莱尔不满地说，“每个人都会盯着我们看的。”

“这种话我再也不希望听到一句，明白了吗？”狄明老师严厉地说，“我为美乐笛感到非常骄傲。我后悔曾经小看了她，而且很高兴她加入我们的团队。”

地震报道：快叫医疗救护人员。五年级一个女孩快要爆炸了。

全班所有人都转过头来看我。凯瑟琳给了我一个拥抱，罗丝投来一个微笑，我努力忍住不乱踢、不流口水、不让我的队友因为跟我在一个团队感到懊悔。

“举办‘天才小子’竞赛的那些人会高兴看到美乐笛吗？”莫莉问。

狄明老师若有所思。“我会联系竞赛主办方，让他们知道我们的特殊情况。”他说，“不过这不用你操心。现在请大家听好！接下来两个星期，竞赛队成员每天放学后要集合，学习两个小时——一直到第一场比赛开始。这些集训课是必须参加的，这里是给你们家长的书面通知，需要他们阅读签字，明天交给我。”

地震报道：当心高强度余震——这样的事情前所未见。

我越想这件事就越兴奋。上电视！压力！那么多人会看到我！我可以感觉到自己变得又紧张又僵硬，脑袋猛然抽动，胳膊和腿开始跳起龙卷风爆发时的痉挛之舞。我想努力忍住，可还是发出了几声尖叫——就几声。

大家听到声音都转过头来。我能看到莫莉和克莱尔在那挥手踢腿、发出怪声，有几个人咯咯笑起来。狄明老师沉下脸。

我把全副精力都集中在大拇指上，按了一下“走”。

凯瑟琳明白意思，匆忙推着我离开了。

我真想找个地洞藏进去。

第二十二章

接下来的两个星期像旋风一般过去了。

尽管那天星期二在课堂上我有点小小的怪异表现，星期三下午我还是若无其事地去参加了竞赛队集训。也许本来就没什么事，我只是本色如此。别人怎么想我就不知道了，他们什么也没说。

因此，我跟其他队员一样——不管是替补还是正式队员，每天放学后都留下来学习，从三点半到差不多六点钟。

我还是不能完全适应我成了竞赛队一员的事实。好吧，是事实。有这么个竞赛队，有这么个我，我们在一间屋子里。可我们并非真的是一个团队。我经常能答上正确答案，他们对此表示欣赏，可是……

当狄明老师给我们念单项选择题的时候，我只需要思考一小会儿，然后在我的机器上敲出正确的字母就成。可大量的准备工作是通过快速、激烈、来来回回的讨论进行的，而我没法对别人说的话进行补充——绝大多数时候是这样。

一天下午，康纳嚼着覆盆子味扭扭糖宣布："英语中最长的单音节词之一是'screeched'(尖叫)。"

"那个词特别适合美乐笛。"克莱尔抓过他的糖咬了一口说。

我没法还嘴，别的人则懒得替我还嘴。

"你们知道字母 i 上面的那个小点叫什么？"艾琳娜问大家。

我知道答案，可要把答案拼写出来太花时间了。

"它叫'tittle'(一点，微量)，"阿曼达飞快地答道，"就像五年级学生的脑容量！"

"哦哦，怒了啊！"罗德尼说。

她那么说的时候，我也正打算打出"怒"，可我太慢了。大家已经转到另一个话题去了。

嘿，他们说话可真快。

"第一个降生在美洲殖民地的孩子叫什么名字？"罗丝问，她手里正拿着巨大的一摞读书笔记卡。

"弗吉妮娅·达尔，"艾琳娜答道，"好，轮到我了。"她翻着她自己的卡片——卡片上都贴了彩色标签，"谁是第一届美国小姐？"

"蠢问题，"康纳说，"他们不会问那种傻乎乎的女孩儿问题。"

“你答不上来？”克莱尔问他。

“我当然答得出，”康纳哼了一声，“玛格丽特·格曼，1921 年美国小姐。她当时十六岁，多半长得比你漂亮！”只有他和罗德尼两个人笑了起来。

这时罗德尼也投入讨论。“我有个特难的问题。‘pediculosis’（长虱子）是什么？”

罗丝片刻也没耽误，立刻回答：“是指脑袋上长满虱子！咦——哟。你是通过亲身经历知道这个词的吗？”

“当然不是啦，我只是特地找了个难词。”罗德尼对他说。这次他和康纳笑不出来了。

“你想找个难词——我这儿有一个，”阿曼达说，“‘hexadactylism’（六指）是什么意思？”

这个词似乎把大家都难住了，一分钟没人说话，于是我有时间在电脑上敲出数字六，还有手指这个词，然后我按了播放，大家都能听到我的答案。

“答得好，美乐笛！”艾琳娜说。

“她怎么会知道这么多东西？”克莱尔对罗丝咬耳朵。

“她很聪明！”罗丝说着，继续啪啦啪啦翻卡片。

“可是她在电视上肯定显得好奇怪，你不觉得吗？”克莱尔继续说，好像我听不见似的。

我已经准备好对付她了。我前一天晚上在电脑里输入了好几个句子，所以我只需要按一个键。“很多人上了电视都显得很滑稽，”我让机器说，“你可能也一样，克莱尔。”

“噢噢，看看现在谁怒了？”康纳起哄，“说得妙，美乐笛！”

如果我能跳舞，我肯定会跳起舞来的！

可这一刻发生得快，消失得也快。大家以宇宙飞船的速度从一个问题到另一个问题，相互从别人那里汲取知识、学习技巧。以他们这个速度，我是不可能插得进去嘴的。不过，我侧耳倾听，全部都记住了。

“唯一能浮起来的石头是？”

“浮石。”

“人的染色体数目是多少？”

“四十六。”

“美国第一个允许妇女投票的州是哪个州？”

“怀俄明州。”

“狄明老师的名字是什么？”

“华莱士！”

这下我们都笑了。

每天集训结束的时候，狄明老师都给我们做一套全国总部发来的官方比赛题。那些测试都是单选题，所以我总是答得很好。可我多想学习的时候能和其他人一样。

一个星期四，我们正在集训，罗丝的妈妈给全队人订了比萨，送到学校。

“你妈妈太伟大了！”康纳说。

“你太容易满足啦，康纳。”罗丝笑着回答。

大家一拥而上，从盒子里拿出热腾腾的比萨，香味飘得满教室都是。我跟其他人一样饥肠辘辘，可我坐在那儿不动。

“你不想来点比萨吗？”艾琳娜问我，“我去给你拿一块。”训练的时候她话不多，但笔记记得很多，而且在练习赛里她的分数总是相当高。

“不饿。”

叫我怎么对她解释，没有凯瑟琳或者妈妈或者V阿姨，我没办法吃东西？得有人像喂婴儿一样喂我。即使那样，我也会弄得一团糟。

妈妈来接我的时候，问我想不想在回家路上去趟必胜客。

我只摇了摇头。

第二十三章

到了真正比赛的那天，一大早天气晴朗，但仍然寒意深重。V阿姨带着我在门口等校车，三月初凛冽的空气让我直打寒战，还好我的外套比较暖和。我们决定今天用手动轮椅，因为电动轮椅太重了，就算有便携式轮椅坡道，妈妈一个人也对付不了它。

“美乐耶乐，你准备好了吗？”V阿姨问我。

“哦，没错！”

“你那小脑袋塞满了知识，感觉快爆了吧？”她逗我。

“哦，没错！”我对她咧嘴一笑。

“你的表现肯定不错。不光是不错呢，肯定引起轰动。没准儿会一鸣惊人！”V阿姨说。

“哦，没错！”我顺杆儿爬。

“我们都会去市中心，坐在观众席上为你加油。”

“还有竞赛队呢？”

“竞赛队里还有别人吗？”她问，然后重重一拍脑门，“我还以为是你一个人的单独表演呢！”

“还有其他学校的代表队呢！”

“别担心——你比他们所有人加到一起都聪明！所以我们的加油声音肯定最大——你妈妈、爸爸、我，还有佩妮。”

“我看起来没问题吧？”

V阿姨上下端详了我一番。“活像个电视明星！”她回答。“你妈在包里放了一件备用衬衣，以防万一。凯瑟琳知道怎么处理。”

我很高兴凯瑟琳跟我们一起去，我觉得狄明老师对此也很高兴。

“再跟我说一遍今天的安排。”

“你妈妈去学校接你，带你去吃点东西，然后送你去电视台，大约比其他选手提前十五分钟到。佩妮、你爸爸和我在那儿等着你。”

“电视台的人看到我不会大惊小怪吧？”

“他们都准备好迎接你了。事实上，有几个记者可能会在那儿等着跟你聊聊。”

“我？为什么？”我没法想象为什么会有新闻记者想跟一个只能通过机器说话的人聊聊。多无聊啊！

“你是个绝好的人情味报道的题材啊！人们可能会很感兴趣，想多了解你一些。”

“他们不会嘲笑我吗？”光想一想就让我手心冒汗。

V阿姨把我的手握在她手里。“绝不会的。他们会佩服你的，我敢肯定。你就是斯伯丁小学的斯蒂芬·霍金。有你在，他们多幸运啊！”

“希望如此。”

“你的校车来了。在学校好好儿的，美乐笛，咱们晚上见！”

我成功地做到了一整天没有洒任何东西到衣服上，最后一道铃响的时候，我看到了妈妈，终于松了一口气。我们在车上飞快地吃了点通心粉和苹果泥——老妈真明智，没准备红色的吃的——就出发去市区了。

我们在电视台门口找到一个残疾人停车位，妈妈照例装好便携坡道，将轮椅从车上弄下来，把我抱到轮椅上，系好安全带，安好埃尔薇拉，然后推着我走进电视台。前台接待是一位讨人喜欢的女士，矮矮胖胖、满头鬈发、化着浓妆，她给我们指了路，我们来到准备区。

我得好好眨几下眼睛，这才弄明白，原来在电视上看到的一切全是假的。我看到了他们录制新闻的地方，在家看电视的时候，屏幕上的播音员好像坐在一扇巨大的窗户前，从窗户里能看到市中心的全景；可原来那只是一幅画，而且那幅画还挺小。播音员面前的桌子也怪小的，在家里的电视屏幕上可要显得大多了。

我认出了几个天天在电视上看到的主播。我简直没法相信，早间新闻的女主播怎么那么瘦骨伶仃！她在电视上看起来挺正常的。那么说，摄像机对着我的时候，我一定像个巨大的气球一样。

说起摄像机，那些摄像机真是大家伙——就像安着轮子的黑黢黢的巨型外太空机械生物。男男女女头戴大耳机、手拿笔记板跑来跑去，四处奔忙。演播室的后面挺黑，但举行比赛的地方被灯照得明晃晃的。我可以看到竞赛队一会儿要站的地方，还有他们回答问题时按的大按钮。

这些摄像机和舞台的后面有另一个房间，那是观众席。现在已经有些人三三两两开始往里走了，我可以通过一扇很大的玻璃窗看到他们。

凯瑟琳敲了敲我的肩膀，我差点跳起来。“心醉神迷了，嗯？”

“没错。”我打字。

她和妈妈聊了会儿，走过来一个穿着牛仔裤和“辛辛那提猛虎橄榄球队”运动衣的人。“不好意思，”他对我说，“请问你是美乐笛·布鲁克斯吗？”

我惊讶之余，飞快地敲出一个“是”。

“我叫保罗，是现场导演。”他跟我握了握手，他的手大极了，把我的手整个包了起来，“太好了，你提早来了，我们来看看给你安排得合适不合适。我们真的很高兴你能来参加比赛。”

他是在直接跟我说话，而不是看着妈妈或者凯瑟琳！我立刻就喜欢他了。

我们穿过演播室，很小心地避开粗细不等的各种电线，来到要举行比赛的地方。

“待会儿每个队的队员就站在这里，”他解释说。“每个人面前有四个大按钮，红色的是A，蓝色的是B，黄色的是C，绿按钮，当然咯，就是D。”

我点点头。

“这儿呢，美乐笛，就是你待会儿要坐的地方，就在你的队友身边。我给你安装了一个特别的答题板，高度正好适合你的轮椅。”他向我展示这些的时候，看起来很自豪。

“哇噢！”我敲道，“这太理想了。你怎么知道的？”

“我的儿子也坐轮椅。”他耸耸肩膀说，“我总在给罗斯提做这做那，可惜你待会儿要做的事，他没办法做到。”他单膝跪下，直视着我的眼睛，“让他们大吃一惊，小冠军，罗斯提会看着你的。”

“好的！”我打字，“为了罗斯提！”

他把我的轮椅推到答题板后面，让我试试那四个不同颜色的按键。这些按钮很大，所以事实上，比我的语音电脑还更容易操作些。我甚至不需要用拇指小心瞄准，可以直接用拳头敲。

当我敲中红色的按钮，字母“A”在我面前的屏幕上亮起来，这就算锁定答案，不能再更改了。

“谢谢你，保罗，”我在电脑上敲道，“非常非常感谢。”

他冲我眨眨眼，飞快地把四个按钮逐一敲了一遍，确定它们都能亮，然后对我说，一会儿见。

“我能行，”我对妈妈和凯瑟琳说，“我准备好了。”

我们队的其他队员开始入场了。康纳身着黑西装、红领带，看起来相当帅气；罗丝穿着浅蓝色服装，有些紧张，脸色微微发红。

“嗨，美乐笛，”她说，“你怕不怕？”

“不怕！一点儿也不怕。”我打字。

“我妈非让我戴这条领带，”康纳一边抱怨，一边把手指头伸进衣领里，把它扯松一点，“希望我别在电视直播中途被领带勒死！”

如果他真被勒死，至少大家都会去注意他，就不会关注我了。假如我做出什么蠢事，或者流起了口水，而镜头正好给我一个特写，可怎么办？

阿曼达、罗德尼、莫莉和艾琳娜，我们的替补队员，在演播室里溜达着，看起来有点难过。他们没机会参加比赛，除非我们四个人里谁发生什么意外，失去资格。我猜最有可能的是康纳晕倒，或者我全身抽搐。

“你还好吧？”我听见罗丝问阿曼达。

"挺好。不过，我感觉好像盛装打扮，却无事可做。"

"我明白你的感受。"罗丝说。

"摔断腿。"[1] 阿曼达对她说。

"真的？"罗丝微笑。

"那是一句祝别人好运的俗语。"阿曼达解释说。

"我知道。不过你可以换个角度看问题：如果去参加华盛顿的决赛，每个队就能有六名队员。这么看是不是豁然开朗啦？"

"那你们一定要加油得胜！"

"会的！"

克莱尔和莫莉对着摄像机做鬼脸，假装她们正在上直播。她们俩谁也没跟我说话。

"克莱尔，看！"莫莉说，她的声音难得地带上了一丝敬畏，"你可以在那边那台摄像机里看到你的样子！"

"我看起来没问题吧？"克莱尔一边抚平裙子一边问。

"你漂亮极了！"莫莉向她保证。

"你知道，站在那上面的真应该是你，而不是美乐笛。"克莱尔声音大得足够让我听见。

"哎，我准备好了，如果她出问题，我随时可以顶上。"

[1] 原文"Break a leg"字面意义为"摔断腿"，是一句英语中常用的祝福语，尤其用在演艺、戏剧界，意为"祝你幸运"。现在，除了演出，也可用于祝福某人试镜、考试、面试成功。

莫莉小声说。

我摇摇头，想，删除，删除，删除。我才不要让她们那些负面的话把我弄得心神不定，我要担心的已经够多了。

这时狄明老师急匆匆地走进来，他穿着一件崭新的深蓝色西装，搭配耀眼的白衬衫和红马甲，还系了领带。我们全队都欢呼起来，康纳跟他击了一下掌。

他像只紧张的大黄蜂一样到处乱转了一会儿，查对了一些细节，对我们全队说了祝我们好运，然后走到观摩区去坐下了。竞赛过程中，老师不允许靠近学生。凯瑟琳倒是得到允许，可以站在摄像机背后，以防万一我发生什么紧急情况。

其他学校的代表队也陆续进了演播室。有一支队伍，绿山学园代表队，全都穿着鲜艳的黄绿色针织衫。这主意不坏，可他们的针织衫很丑。

另一支队伍来自皇冠小学，每个人都头戴一顶小小的假皇冠。我觉得这似乎有点过头了。

我们队没有任何别出心裁之处，也不需要有。他们有我就够了。

第二十四章

时间到了。

“摄像机准备！”有人大声喊，“五，四，三，二……”他往舞台中央的人那儿一指。

主持人很瘦，头发好像抹了不少发胶，十分有型，他掸了掸身上的小礼服，调整了一下红色条纹领带，然后开口，时间把握得刚刚好。“晚上好！”他用那种控制自如的完美嗓音说，播音员好像都有这样天生的金嗓子，“我是查尔斯·金斯利，欢迎各位来到‘天才小子’俄亥俄州西南部地区赛现场！”

欢呼声四起。

“两周后，本次比赛的获胜者将前往华盛顿，代表我们地区参加全国冠军赛。”

欢呼声更热烈了。

“我们祝所有的年轻选手今晚好运！”

演播室安静下来。

“规则很简单，”金斯利先生进行说明，“每个队要回答二十五个问题，四个队员中每个人回答正确得一分，因此全队总分满分为一百分。”

他停顿了一下，让摄像机镜头对准记分板。

然后他宣布：“所有的初赛结束后，分数最高的两个代表队将进行一场晋级赛，因此每个队在初赛中的分数至关重要。晋级赛的获胜者将被宣布为我们地区小学组的比赛冠军，接下来要去华盛顿参加全国比赛。全国赛的冠军队将登上第二天早上的《早安美国》直播节目！”

欢呼声和掌声响成一片。

“今天晚上我们首场比赛的两支队伍分别来自伍德兰小学和斯伯丁街小学。请选手就位。”

伍德兰的四名选手和我们队的其他三个队员走到竞赛区，向着摄像机挥手。凯瑟琳把我推到我的位置，确定我很容易就能碰到按键，然后飞快地拥抱了我一下，走到一边。

“我想用一点时间，”金斯利先生说，“介绍参加我们今晚比赛的一位非常特别的选手。她的名字是美乐笛·布鲁克斯。”

摄像机纷纷转过来对准了我。演播室的灯光亮得不得了，而且很热。我一个劲儿地眨着眼睛，感觉这里很潮湿，我都出汗了。

“比赛时其他选手们都站着，美乐笛却得坐着答问题，因此我们调整了一下答题板，让她能够得着所有的按键，但仅此而已。我听说她是个实力很强的选手。”

我努力想挥手，可我觉得自己看起来一定又怪又傻，而且晃晃悠悠的，于是我放下手。

罗丝站在我身边，康纳站在中间，克莱尔站在离我最远的另一边。

“我感觉我要吐了。”我听到克莱尔小声说。

“你敢！”康纳对她“嘘”了一下。

“我们一开始要做个热身，让你们熟悉一下场上的按键答题方式。大家都准备好了吧？以下哪一种动物是哺乳动物？

A. 猫

B. 鸟

C. 海龟

D. 蜘蛛。”

当然，包括我在内的每个人都按了A。我们四个人面前的屏幕上都亮起字母A。

“你们不希望所有的问题都这么容易吧？”金斯利先生轻声笑着问。

可不是吗？

“记住两件事，”他提醒我们，“第一，这是团队竞赛；第二，这不是抢答，而是准确性的比试。如果四个选手全都回答正确，团队得分就更高。得分最高的两队才有资格参加最后的对决。你们准备好了吗？”

“准备好了！”台上的七位选手同声答道。

我开始想在语音电脑上敲出“准备好了”，但随即又觉得还是算了，集中精力比赛为好。

“第一轮比赛由二十五个问题组成，我们现在开始。第一题。”

我浑身绷紧了。这就开始了！

“一只蜉蝣成虫的平均寿命大约是：

A. 一分钟到一个小时

B. 三十分钟到一天

C. 一天到一个星期

D. 两个星期到一个月。”

砰！砰！砰！砰！每个人都按下了按钮。一旦答案全部锁定，就在显示器上显示出来。我们队全都选了B，伍德兰队有一个人答了A。

金斯利先生微微一笑，说：“伍德兰得三分，斯伯丁全体回答正确，目前得四分。”

我们能行。我能行。尽管放马过来吧！

“第二题，”他用平板无波的语气说，“美国独立战争中，莱克星顿和康科德战役发生在哪一年？

A.1774 年

B.1775 年

C.1776 年

D.1777 年。”

这个题可有点刁钻，不过，我毫不犹豫地按了 B。其他人也选了同样的答案，现在比分是七比八。

金斯利先生继续问下一题。“文学中，‘oxymoron’[1] 这个词的意思是下面哪一个？

A. 相互矛盾的词组合在一起

B. 一连串事件的结果

C. 对某一文学作品或历史事件的暗指

D. 象征性的故事或叙述。”

我非常肯定答案是 A，不过那个词的意思也可以解释为“觉得自己能赢全国知识竞赛的自以为是的残疾小孩”。

答案出现在屏幕上，康纳答错了，伍德兰队也有两位选手答错了。于是现在的比分变成伍德兰九分，斯伯丁十一分。我们仍然领先，但还有二十二个问题要回答。

“下一个问题，”金斯利先生说，“是数学问题。”

哦，倒霉。我死定了。

“一所美术馆里收藏着两千三百五十七幅画作。美术馆

[1] Oxymoron，英语中的一种修辞手法，通常译为“矛盾修辞法”或“逆喻”。

有一百二十四个房间，关于每个房间里的图画数量，以下哪一个是比较合理的估计？

A．十

B．二十

C．六十

D．二百。”

很好。死定了，一点儿生机都没有。我看看——我得想象出一所美术馆……还有房间……还有美丽的画作。一个房间里放多少幅？不知道。哪个除以哪个？不知道。我决定答六十。

正确答案亮了出来，是B，我感觉自己像个白痴。不过罗丝也答错了，还有伍德兰队的两个孩子。比分现在是十三比十一。

做到第二十五题的时候，我浑身是汗，口渴得很，但心里兴奋极了，像个打满气的皮球。我们两队的比分来回拉锯、交替上升，一会儿他们超过我们，一会儿我们又反超过来领先。绝大部分语言类问题我都答对了，可老在数学题上卡壳。

康纳不擅长单词拼写，所以这种题他答错了好几个。罗丝历史比较弱，克莱尔科学方面不行。伍德兰队也差不多——不同的孩子在不同的方面各有所长。

“现在，我们第一场比赛的两支队伍，请听最后一题，”金斯利先生宣布，他清了清嗓子，开口，“一次被测量为里氏六点五级的事件应当是：

A. 龙卷风

B. 飓风

C. 地震

D. 海啸。”

砰！砰！砰！砰！

我使劲儿敲了 C，然后长出一口气。我的“龙卷风”没有发作。康纳、罗丝和克莱尔都答对了最后一题，而伍德兰队有两个人答了“飓风”。总分算出来之后，我们队得了八十一分，伍德兰队最终得了七十七分。

“祝贺你们，斯伯丁街队！”金斯利先生带着无懈可击的微笑说，“总分最高的两支代表队将在今晚晚些时候进行决胜局的比赛。祝你们好运，希望一会儿再见到你们！”

胜利！第一回合。

直播中断了一会儿，插播广告的时候，我们都由人陪着来到后台一个特别的等候室。伍德兰的学生看起来真的很沮丧。对他们来说，整场比赛就此结束了。他们所能做的，就是看着第二轮的两支队伍到舞台上去，在聚光灯下开始答题。

老妈、老爸、佩妮、V 阿姨和凯瑟琳都在后台等我，见到了我又是拥抱又是亲吻，活像我赢了彩票大奖什么的。凯瑟琳跳了一小段开心的舞蹈，爸爸告诉我他把整个比赛过程都用摄像机拍下来了。

“你刚才真了不起，美乐笛！”V阿姨喊道。

“我真是太为你骄傲了，宝贝！”妈妈说。

“我能喝点可乐吗？”我以最快的速度打出字。我都快喘不上气了。

大家都笑了，凯瑟琳跑去找纸杯，在选手等候室里给我倒了一杯冰镇汽水。

妈妈把冰凉的可乐一小口一小口喂进我嘴里，十分小心，保证我不会洒到衬衣上。我渴极了，甚至顾不上其他队的人在盯着我看。

狄明老师和罗丝、康纳、克莱尔先后说过几句话之后，满面笑容地走到我们这边来。“这太令人激动了，美乐笛！你在台上真是令人惊叹！我为我们队，尤其为你觉得自豪极了！”

“谢谢，”我敲道，“接下来怎么样？”

“我们等其他队比完，然后迎战另一支分数最高的队伍，干掉他们，就收拾行李去华盛顿！”

“先别急着收拾。”我带着笑容敲道。

“我的行李十年前就已经收拾好了，”他对我说，“只是一直在等理想的队伍。今年的比赛是我们的天下，我已经感觉到了。”

他又走开去和别的家长说话。我从来没想过老师们有什么梦想，完全不知道这对狄明老师来说是多了不起的一件大事。

罗丝过来在佩妮身边蹲下。“我喜欢你的帽子。”她对佩妮说，佩妮正紧紧地抱着嘟豆，戴着一顶蓝色圆点图案的帽子，上面插着一支红色羽毛。

“罗——西！”佩妮高兴地说。

“我最喜欢的小宝贝姑娘,你好吗？”罗丝轻声细语地说。

“罗西！”佩妮又说一遍。

“你刚才的表现真的很棒，美乐笛。”罗丝跟我说。

“你也是。”我打字。

“你觉得我们有机会进晋级赛吗？”

“没错！”

“华盛顿呢？”

“没错！”

“上《早安美国》呢？”

“哦，放心吧！”

克莱尔和她爸妈待在等候室的另一头，而康纳悠闲地走了过来，站在罗丝身边。

“你不错啊，美乐笛，”他说，“刚才有好几题你都比我答得好！”

“你数学太强了。”我说。

“我知道，”他笑着答道，“可我拼写还是太差！我希望决赛时别再出拼写题了。”

“我得去趟洗手间！”罗丝突然说，“想起决赛我就紧张得不得了。”她匆匆忙忙地出去了。我知道她的意思。我心里也七上八下的，好像有无数蝴蝶在里面扑棱翅膀，还有蛾子，还有巨大的大黄蜂。

我们自己在上直播的时候，感觉那场比赛好像花了一万年才结束，可其实没过几分钟，第二场的两队选手就比完了，回到了等候室。头戴小皇冠的那个队以七十九分的成绩赢了第二场。然后，没过半个小时，爱迪生小学又以八十分的成绩拿下了第三场。

最后一场，一个叫做佩里谷的学校代表队赢了第四场，总分是八十二分，恰恰比我们高出一分。

“我看了他们的比赛，”他们兴高采烈地回到等候室的时候，V 阿姨跟我说，“他们真的很棒。”

“我们该担心吗？”我问。

“当然不用啦！我们队是最棒的，因为我们有秘密武器，那就是你！”

突然，等候室里人群一阵骚动，原来是舞台工作人员进来找我们了。“佩里谷和斯伯丁街，我们需要你们回到镜头前面来，参加决赛！你们是今晚得分最高的两个学校。祝贺你们！”

我们急忙跑回自己的位置上。

这次，舞台灯好像更亮了。

金斯利先生也回到他的位置，工作人员帮他调整好了麦克风，他大声说道："女士们，先生们，欢迎回到'天才小子'竞赛地区赛的决胜局！这一轮的获胜者将代表我们所有队，在两个星期以后去华盛顿参加全国总决赛！获胜代表队的所有成员以及他们的监护人将会获得去往首都的往返机票，并将在酒店停留三晚以及参加市内旅游，所有费用全免！"

"奖杯！奖杯！"观众席有人喊。

"哦，著名的天才小子冠军奖！在华盛顿的比赛中获胜的代表队将把那尊巨大的金奖杯捧回家，还能成为《早安美国》节目的嘉宾，他们所在的学校则会获得一张两千美元的支票，用于学校建设！"

话音未落，便响起了许多兴奋的叫喊声。

"我们现在开始。选手们，准备好了吗？"

"准备好了！"他们一起回答。

我也准备好了。

第二十五章

天哪，这一晚真是惊心动魄！我到现在还不敢相信决胜局开始之后所发生的一切。那时候，金斯利先生解释道："这一次的题目会更难些，但算分法还是一样。满分一百分，总分最高的代表队就是我们本次比赛的冠军。"

他拿起写着题目的卡片，微微一笑。"请听第一题：什么是'diplopia'（科技术语，意为"复视"）？

A. 双重视觉

B. 左利手

C. 一种牙龈疾病

D. 一种癌症。"

噢，好家伙！他没开玩笑！这场比赛绝对是杀手级的。不过，我还是很确定答案是 A。呃，应该没错吧。

正确答案出来了，"双重视觉"是对的。

还好！

罗丝、康纳和我都答对了，克莱尔答错了。佩里谷代表队全部都答对了，比分是三比四。

“第二题，”金斯利先生说，“创作《蓝色狂想曲》的作曲家是谁？

A. 莫扎特

B. 格什温

C. 科普兰

D. 贝多芬。”

砰！砰！砰！砰！

感谢我的音乐爱好者爸妈，还有V阿姨，这题稍微容易点；我按了B按钮。佩里谷队有一个人答错了，克莱尔也是，又搞砸了。于是比分变成了六比七，佩里谷领先。每个人都能感觉到场上的紧张气氛。

接下来的二十个题目无所不包，从丛林里的狮子到太空里的重力，从名著的作者到数学题。我甚至还答对了一些数学题。

砰！砰！砰！砰！

康纳答对了一个很难的拼写题，克莱尔也成功地答对了一个生僻的历史题，但尽管如此，佩里谷队始终领先我们一两分。

这场比赛接近尾声了。佩里谷在一道数学题上大幅度领先，比我们多出了三分。比分是七十八比八十一，形势对我们来说很严峻。我瞟了一眼康纳，他的汗从鼻尖上滴下来。

接着，金斯利先生提问道：“播放音乐时，一个人可能会听到颜色或者看到气味，这种情况叫做：

A.Synthesis（综合）

B.Symbiosis（共生）

C.Synesthesia（联觉）

D.Symbolism（象征）。”

我笑了，敲下C按钮。这不光是V阿姨给我做的词汇表里的词，它说的根本就是我自己！

然后我发现康纳、克莱尔和罗丝都选对了，不由得松了一口气。算分的时候发现，佩里谷队只有一个小孩答对了。

现在比分变成了八十二对八十二平局，到了最后一题了；这一题将决定哪一队能去华盛顿。我瞟了一眼罗丝和其他人，我想我们都同时屏住了呼吸。

“今晚我们最后一个题，”金斯利先生开口，“是一道数学问题。”

我在内心里发出一声呻吟。华盛顿之旅泡汤了！我不妨现在就回H-5班去，在那儿躲上一千年不出来。

“第二十五题，”金斯利慢慢地说。“莉萨每天早上起来，收拾停当去学校。她穿衣服要花二十二分钟，吃早餐要花十八分钟，步行到学校要花十分钟。莉萨要几点起床，才能在早上七点二十五分到达学校？

A. 早上六点十五分

B. 早上六点二十分

C. 早上六点二十五分

D. 早上六点三十五分。”

我得先做加法，再做减法。时间的减法怎么做啊？我得找只表来看看！我完全弄糊涂了！时间快要到了！现在绝不能糊涂！

答案可能是C，但也可能是D。我又想了一会儿，然后按了D，感觉我都要吐了。答案在屏幕上显示出来，我们队四个人全都选了D。要么我们都答对了，要么我们队没一个人会算时间题。佩里谷有三个人选了D，还有一个选了C。

“那么，先生们，女士们，看来胜利者已经出现了！我非常高兴地宣布，今年将代表我们前往华盛顿的代表队、我们希望能在《早安美国》节目上见到的代表队，以八十六比八十五分领先的代表队，是——”他稍作停顿，增强效果，“斯伯丁街小学代表队！”

我无法自控地长声尖叫起来，踢着腿，胳膊疯狂地挥动。我真的竭尽了全力去控制自己，可就是控制不住，身体不听使唤，有点发疯了。

“让她闭嘴！”我听到克莱尔小声说。

“嘘。”罗丝从牙缝里吐出低低的声音。

“感谢各位收看我们的电视转播，”金斯利先生说着，飞快地瞟了我一眼，“两周之后，我们将转播华盛顿的全国总决赛，欢迎大家到时收看。我是主持人查尔斯·金斯利，祝各位晚安！”

他打手势示意节目结束，那些摄像机闪烁一会儿，纷纷归于黑暗，而灯光也暗了下来，上帝保佑。

我的腿还是踢动得停不下来，胳膊呢，活像神经错乱的发条玩具。我开心地尖叫。至少这会儿没人注意我，因为演播室里欢呼声此起彼伏，好多人已经冲到舞台上来了。

老爸一只胳膊稳稳地抱着佩妮，另一只手托着摄像机；妈妈、凯瑟琳和V阿姨冲到我身边，争着拥抱我，险些没把我闷死。V阿姨费了很大的劲做出惊讶的表情，但她脸上的笑容好像永远也抹不掉。

狄明老师、我们的替补队员还有队里其他孩子的父母都在欢呼、蹦啊跳啊，互相拍着后背。一个家长向我们身上喷撒亮晶晶的彩色纸屑，场地里凭空冒出来好多气球。有人把演播室里的扬声器声音开大，播放起了《欢庆》这首歌，大家开始跳舞了。

现场好像照了有一万张照片。令人诧异的是，好多照片都是照的我。我尽了最大努力保持平静、放松。

“美乐笛，笑一个！”一个戴棒球帽的人对我喊。

咔嚓！一闪！

“哪位能不能扶她一把，让她在轮椅上坐直一点？”

咔嚓！一闪！

“给坐轮椅那孩子照张相！”我想说话的那人是个记者。

咔嚓！一闪！

“获胜的队伍在哪儿？”另一个记者大声问，“我们想照一张全队合影，用在报纸上！孩子们，你们干吗不去站到美乐笛身边？好，现在，笑一笑！”

咔嚓！一闪！

我简直都看不见东西了，无数蓝色的小点在我眼前晃动。

“我们想对获胜的队伍作个电视采访！”另一个人叫着，“能让他们过来一会儿吗？”

周围的人群乱哄哄的，一个工作人员把我们带过去，安排好位置。康纳、罗丝和克莱尔坐在椅子上，就在我旁边，阿曼达、莫莉、艾琳娜和罗德尼站在我们身后。狄明老师站在罗德尼身边。

但愿我的头发看起来过得去，还有，希望我不会显得太古怪。

记者让人群安静下来，同时摄影师接好了连线，将摄像机摆好位置。

“晚上好。这是第六频道新闻的伊丽莎白·奥乔亚，我现在正在演播室里，我身边这些孩子来自斯伯丁街小学，他们是今晚在这里举行的‘天才小子’知识竞赛中获胜的代表队。这八个孩子代表了我们地区最聪明的年轻人，他们一路过关斩将，赢得了今晚的最终胜利。现在让我们来认识一下他们。我们从后排的替补队员开始，假如正式队员中有谁因故无法参赛，他们就要上场。请告诉我你的名字和年龄。”她将麦克风举到每个人面前问。

“阿曼达·费尔斯通，十二岁。”

“莫莉·诺斯，十一岁。”

“艾琳娜·罗德里格斯，十二岁。”

“罗德尼·莫苏，十一岁半。”

这句话引起了一阵笑声。

奥乔亚女士继续说：“接下来，坐在我面前的就是冠军队！同样，请告诉我你们的名字。”

“我叫克莱尔·威尔逊，十一岁，我比任何其他人都更应该待在这个队里。”

“你真行！”奥乔亚女士说，“我知道你为了这次比赛，学习非常努力。”接下来她很快转向罗丝，“你是……”

“罗丝·斯宾塞，十一岁。”罗丝有点害羞地说。

“今天晚上，什么让你印象最深刻？”主播奥乔亚女士问她，摄像机也推近了。

“去年我也参加了比赛，但我们当时的队以几分之差失利了。所以，这一次能赢，真让人兴奋！我为我们的团队骄傲极了。”罗丝笑得很灿烂。

“答得好！我们也为你们感到骄傲。”奥乔亚女士说，“接下来，到这位高个子年轻人了。你的名字，小伙子？”她问康纳。

“康纳·贝茨。嗨，老妈！”康纳对着麦克风大声打招呼。

“你还记得今晚遇到的哪一题最难吗？”主播问他。

“我觉得所有的题都超容易，”康纳笑嘻嘻地说，“我故意做错了几个，让其他的选手感觉不至于太糟！”

奥乔亚女士爆发出一阵银铃般的笑声。“和你们这位非常特殊的队友同在一队，感觉怎样？”她问。

“嘿，美乐笛挺好的，她真的非常聪明。让我给你介绍……”

不过我才不打算让他抢我的风头呢。“我叫美乐笛·布鲁克斯，十一岁。”我的语音电脑大声地、清清楚楚地说。

主播看起来大吃一惊。“哎呀，这可真惊人！作为获胜队的一员，有何感受，美乐笛？”

我按了一个键，说：“超好。”

她笑起来。“为迎接这次比赛，学习准备难不难？”她问。

“不难。有很多人帮助我。”

“今天晚上参加比赛，你感觉最难的部分是什么？”

“希望我别出糗！”

她微笑起来。“我们大家都有那么想的时候。对于去华盛顿，你兴奋吗？”

“哦，没错！”

“以前去过吗？”

“没。”

“你们团队赢了地区赛，这对你在学校的生活会有什么样的改变吗？”

我觉得这个问题问得很好。

“不太大。”我坦白说。然后，主播耐心地等着我花时间一个字一个字敲出一句话。“也许同学们能多跟我说说话。”

“我一直都跟她说话。”克莱尔突然插嘴。

罗丝和康纳都皱着眉头看向她，罗丝忍不住说：“啊？”

奥乔亚女士离开我，走到克莱尔身边。“那么说，你认为自己是美乐笛的朋友？”

“哦，绝对是。”克莱尔说，她黄棕色的鬈发跟着弹了一弹，“美乐笛和我每天一起吃午饭，我们还互相出题问答，准备比赛。她比外表看上去的聪明得多。”

罗丝举起手来想说什么，但主播对她摇摇头。“对不起，我们没时间了。”然后她对着摄像机镜头说，“我们不光见到了一群了不起的孩子，还认识了两位引人注目的年轻女士——尽管她们如此不同，却是最好的朋友，而且同为获胜的代表队成员，即将前往华盛顿参加‘天才小子’总决赛。祝贺你们全队！”

我目瞪口呆。克莱尔？

第二十六章

在这一片喧闹和混乱中，狄明老师似乎突然灵光一现。“我们一起出去吃顿晚餐庆祝吧！”演播室最后一盏灯熄灭的时候，他大声宣布。

“好主意！”康纳立即响应。

“我快饿死了！”阿曼达说，“虽然今天我没上镜头，也紧张得一天都吃不下饭。”

“我也是！”艾琳娜补充。

“去林吉尼意大利餐厅怎么样？”康纳建议，“他们那儿有意大利面自助，想吃多少都行，只要吃得下。”要知道所有吃东西的好去处，包在康纳身上就好。

“康纳，你去了他们可能就得关门大吉啦。”狄明老师笑着说，“好啦，别给我丢人哦！”

“别担心，狄明老师，我的极限大概是十二碗意大利面而已。”

“林吉尼餐厅再合适不过了。”罗丝爸爸说，“走路就能到，演播室过去转角就是。这些孩子们应该在外面度过一个特别的夜晚！”

我看看妈妈，不确定要不要跟他们一起去。

然后，艾琳娜走到我身边说：“你也要来的，是不是，美乐笛？”

“是啊，美乐笛。”罗丝补充说，“跟我们一起来吧。你今天晚上的表现太棒了！”

“没有你，我们可赢不了。”康纳一边扣外套扣子一边说。

他们的话让我感觉自己像个氢气球，就是有些人家里买过的那种，轻飘飘的，都快飞起来了。

“哎呀，要我说就没那么夸张。”莫莉眼瞄着克莱尔说。

气球到底还是会爆的。

“你又不在台上。”康纳提醒莫莉。

“那你到底来不来？”罗丝问。

“当然来，”我敲道，“肯定很有意思。”我又瞟了一眼妈妈，她冲我点了点头。爸爸带佩妮先回家，V阿姨抱了抱我，说她跟我明天早上再见。

我们往餐厅走去，夜晚的空气清新凉爽，大家的谈话傻得可爱。

“你们觉得那栋写字楼有多少扇窗户？”康纳指着我们能看到的最高一栋大楼嚷嚷道。

“五千两百七十四。”罗丝答。

“哟，你真行！”罗德尼说，“你怎么知道的？”

“你觉得我怎么能选上竞赛队的？”罗丝告诉他，“我脑子好使。”

“她是猜的，”莫莉对罗德尼说，“说什么你都信。”

林吉尼餐馆在这个地方开了好多年了。大门外面设计得像一个意大利小村里的小酒馆，砖墙上点缀着小小的白色光点，画着葡萄叶子，围绕着大门。

大门。

康纳爸爸推开大门让大家进去，康纳和罗德尼三步并作两步跳上了台阶。

台阶。

大门里有五级石头台阶，向上通往就餐区。每个人，包括狄明老师，一个接一个从我和妈妈身边飞快地走过。最后，康纳爸爸，他是最后一个上去的，他看看我，又看看台阶，终于福至心灵。

“呃，你需要帮忙吗？”他问。他个头很大，跟康纳一样。我打赌，他也可以一口气吞下好几碗意大利面。

妈妈答道：“能否麻烦您帮忙问一下服务员，他们的无障碍通道在哪儿？”

贝茨先生好像很高兴有事可做，立刻冲上了楼梯。妈妈和我坐在寒冷的门口，只有我们俩。

过了一会儿，一个穿黑衣服的服务员从楼梯上跑下来。“非常抱歉，我们后门那儿有一部升降电梯，可今天下午出故障了。明天一大早技术人员就会来修的。”

“可今晚对我们来说这无济于事，对不对？”妈妈说。她的声音有些勉强，但还没发火。

“我很乐意帮您把她抱上台阶。”服务员说。

“不。”我敲道，用眼睛乞求妈妈。

妈妈对他说：“帮我们挡着门吧，年轻人。我们自己能行。”

他依言而行。妈妈转过身背对台阶，牢牢抓住我的轮椅，稍微倾斜一点，然后深吸一口气。我真高兴早上我们决定今天坐手动轮椅。

妈妈轻缓地把轮椅的后轮滚上第一级石头台阶的边缘。

拉住，滚上去，砰。第一级台阶。

拉住，滚上去，砰。第二级台阶。

拉住，滚上去，砰。第三级台阶。

她停下来，又深吸了口气。我们以前这么做过，做过许多次。

拉住，滚上去，砰。第四级台阶。

拉住，滚上去，砰。第五级台阶。

然后，我们终于来到了就餐区，这里坐满了吵吵闹闹、有说有笑的客人。

“美乐笛！这边！”狄明老师看到了我们，大喊。

妈妈推着我走到一张非常大的圆桌边，我看到大家给我留了个位置，心里一松。我们这群人，连竞赛队的孩子带他们的父母，占了就餐区的很大一块地方。

女服务员过来招呼我们点菜了。

罗德尼和他爸妈要了一大张蘑菇洋葱比萨。“我们是素食者。”罗德尼解释说。我完全没概念。

“爸，我能要一份牛排吗？”康纳问。

他爸爸在他后背上拍了一下。“当然，我想我自己也要来一份。今天晚上，你想吃什么都行！”

康纳瞪大了眼睛。“一整块巧克力蛋糕怎么样？”

“你会吃吐的，小子。”他爸爸说。

“我要一份缤纷意大利面，”罗丝对女服务员说，“多加些奶酪。”

“我也是！”阿曼达说。

“我能要一份意大利面配肉丸吗？谢谢。”艾琳娜说。

克莱尔和莫莉都点了肉酱千层面。

服务员来到我和妈妈身边，我已经准备好了。

“麻烦您，我要奶酪通心粉。”我让埃尔薇拉说。

服务员看上去有点吃惊，因为我的语音电脑大部分都被挡在桌子下面，并不明显。但她很沉着，表现得好像每天都有人用语音电脑点菜似的。“当然，亲爱的。马上就来。你想要配点色拉吗？”

“不用了，谢谢。”

她对我绽开一个灿烂的微笑，然后让妈妈点菜。世上只有我妈会在意大利餐馆里点烤鱼!

我们等着上菜的时候，欢乐的气氛仍然持续着。桌子上铺的不是桌布，而是白纸，服务员给每个人，包括大人，都发了彩色蜡笔和马克笔。

“看这个——我画了一只巨型兔怪！”康纳说。他瞟了一眼罗丝的画，随即在自己的兔子嘴上画了大大的绿牙齿。“这样就能把你画的那个没用的小虫子吃掉啦！”他对罗丝说。

罗丝笑了。“哎呀，这可是一只毒蜘蛛，它会咬你那只傻兔子！”

然后，罗德尼和康纳把所有的盐瓶和胡椒瓶连成一线，当成防御工事，然后开始用叉子和勺子当弩炮，把糖包发射到对面去。

但我注意到坐在罗德尼旁边的克莱尔安静得反常，甚至连蜡笔也没拿。

“向敌军开战！”康纳嚷嚷着，“得分！”

“我说，你都还没打到我的地盘呢！而且，你发射的是那种粉红色的甜味剂,不是真的糖。那玩意儿只能得半分！”

我坐在那儿看队友们做这些普通的事情，画画，大笑，逗趣，开玩笑。我真的非常努力地装出我也很开心的样子，但其实我只想回家。

终于，服务员把吃的端了上来，叉子变得很重要，因为我们要吃饭，于是战争突然中止了。聊天的节奏也慢了下来，因为每个人都埋头到自己的食物里去了。康纳使劲咬了一大口牛排。

“噢，味道好极了。”他嘴里塞满牛排，含糊不清地说。

妈妈的烤鱼看起来有一点儿，呃，鱼腥气，她用叉子拨拉着，少少吃了几口。她和我想着同一件事，我知道。

我的通心粉摆在面前，一点也没动。

我们一家人有时也出去吃饭。事实上，在餐厅里，佩妮比我更难伺候，因为她很会扭来扭去，又容易兴奋，还会把豆子往地上扔。

通常，在餐馆吃饭对我来说并不成问题。老妈老爸轮流用勺子把吃的喂到我嘴里，如果有谁粗鲁地盯着我看，我也能无视他。

可这回不一样。在学校的时候，我和其他残疾孩子一起在食堂的一个特别区域吃饭，生活老师给我们戴上围嘴，一口一口地喂，吃完了还给我们擦嘴。除了在赛场上喝的那几口可乐，竞赛队里没有人真正见过我吃饭的样子——哦，也许该说，别人喂我吃饭的样子。

我不知道该怎么办。我的通心粉放在那儿慢慢变冷，我看看妈妈，她也看我。她拿起勺子望着我，脸上写着问号。

我点点头。妈妈小心仔细地把一勺通心粉送到我嘴里，我咽了下去，没有洒出来。

我看到莫莉捅了克莱尔一下，她们交换了个眼色。

妈妈又盛了一勺送到我嘴里。我咽了下去，没有洒。我们就这样一勺一勺地继续下去。

我饿极了。

谁也没说话，可我看到他们低头看着自己的盘子，太过聚精会神了一点。桌上安静下来，连康纳也不说话了。

最后，我推开了盘子，虽然它还是满满的。

“你想把这个打包回家吗，美乐笛？”妈妈轻声问。

我点点头，如释重负。她示意服务员过来，服务员同时拿来了甜点菜单。

想起了蛋糕和冰激淋，康纳又精神起来，他虽然没点一整块巧克力蛋糕，但的确要了切开的两小块。罗德尼要了苹果派，罗丝点了布丁。

克莱尔也把吃的打包了。她几乎什么也没吃，而且整晚上都没说两句话。

“对了，你们觉得最后那一题怎么样？那题也太难了！”罗德尼说。

“小菜一碟、小蛋糕一块！”康纳答道，同时为自己的幽默笑了。他往自己的第二块蛋糕上涂了点鲜奶油。

“你们看到那个主播的头发了吗？”阿曼达揶揄地说，“一直就没动一下！”

“一定是塑料做的。”罗丝笑着说。

“你打算穿什么去参加华盛顿的比赛？”罗丝问克莱尔。

克莱尔只耸了耸肩。

“我想知道我们到时候有没有机会去参观白宫，”阿曼达若有所思地说，“那该有多棒呀！”

“我相信日程里有这一项，在星期六。”狄明老师满腔热情地回答，“我也觉得很兴奋呢！”

“说起来，克莱尔，你和美乐笛是最好的朋友——是怎么回事？”艾琳娜问。

克莱尔没回答，倒是用手揉着额头。“我觉得不太舒服，”她有气无力地说，“这儿是不是太热了？”这个问题没人回答，因为话音刚落，克莱尔突然站起身来，用手紧紧捂住嘴，在椅子上绊了一下。

“你没事吧？”狄明老师问。

他问题还没说完，克莱尔吐了，全吐在他的新鞋子上。

“哦，糟糕！”康纳说，很显然他在努力绷着不笑。

“可怜的孩子。”罗丝说。

“哇哦，这气味儿！哎哟哟！”罗德尼捂住鼻子。

克莱尔的妈妈赶紧把她带到洗手间去了。

狄明老师也冲了出去，我猜他是去清理鞋子。

我很好奇，克莱尔是不是也觉得很尴尬，就像妈妈喂我吃东西时我的感受一样?

很明显,我们小小的庆功宴结束了。父母们开始拿外套、结账，克莱尔从洗手间回来了，脸色苍白。没人提起这个小插曲，我们都一起往门口的台阶走去。

哦,有意思。我心想。克莱尔在人声鼎沸的餐馆里吐了，可大家却都侧目看着我。

他们都得等着我和妈妈。我们不急不忙。

轻轻推，滚下来，砰。最上一级台阶。

轻轻推，滚下来，砰。第二级台阶。

轻轻推，滚下来，砰。第三级台阶。

五次撞击之后，我们走下了最低一级台阶。

我还是那么饿。

第二十七章

第二天早上，妈妈捧着一张报纸兴冲冲地进了我的房间。“早上好，我的摇滚明星，”她跟我说，“猜猜怎么了？”

摇滚明星？她产生幻觉了吧。我转过身来看着她，脸上写着：什么？

“你出名了！”

啊？

妈妈把我弄起床，放在轮椅上系好安全带，把语音电脑从充电插头上拔下来，替我接通。然后，她把今天的早报放在电脑上面。

报纸头版，最显眼的位置，我就坐在那儿。照片是彩色的。

“哇噢！”我打字。

“这篇文章整个讲的是比赛中获胜的代表队，可他们只配了你一个人的照片。有意思。”

“为什么是我？”

妈妈一笑。“因为你独一无二、很了不起，而且比普通的五年级学生有意思多了，我猜。”她说，“整篇文章似乎都以你为焦点。”

“队里的孩子不会喜欢的。”我敲道。

“我敢肯定他们会为你开心的，宝贝儿。”

“不，不会的。”

“这儿，听听这一段。”

她给我读那篇文章：“斯伯丁街小学五年级和六年级学生组成的竞赛队，昨晚以八十六比八十五的比分赢得了本地区的‘天才小子’知识竞赛。这些才华横溢的孩子们以出色的知识和能力，答出了远远高于他们年级水平的竞赛题，打败了其他七个队。”

“把我们写得很聪明嘛。”我敲道。

“你们本来就很聪明。”妈妈说。

“数学竞赛题让我直出汗。”光想一想数学题我就觉得腋下冷汗直冒。

妈妈继续说：“哦，这段是关于你的。听听这个！‘斯伯丁街竞赛队有一名了不起的队员，美乐笛·布鲁克斯，她十一岁，被确诊为患有脑瘫。尽管美乐笛身体上有残疾，但她的头脑反应迅速、能力很强，在比赛中大放异彩，领导她的团队走向了胜利。’”

“他们会讨厌我的。”我闷闷不乐地敲道。奶油糖还睡在我的房间里，她跑来用鼻子蹭我的手。她似乎总是知道我的感受，可这次她也安慰不了我。

“哦，别夸张了。我觉得这篇文章写得很好，你的朋友们会感到骄傲的。”

“你不懂。”

妈妈不答理我，开始动手给我收拾打扮准备上学。两件蓝色T恤——一件穿，一件备用，以防万一。两条裤子。她从来不给我准备牛仔裤，但我决定不跟她争吵。我有种感觉，今天不会很顺利。

“你这张照片照得多好啊！这张报纸我一定要多买几份。”她欢快地唠唠叨叨，同时把我的袜子扯上来，再给我穿上球鞋，“我得让每个同事都看到。”

爸爸已经给佩妮穿好衣服，把她带到我房间来了。佩妮看到报纸上我的照片，于是扔下了嘟豆，嚷嚷着：“笛笛！”她把报纸捡起来，亲了亲。

我敢担保，今天我在学校里可得不到多少这样的反应。

爸爸俯身过来在我脸上吻了一下。“我骄傲得都要爆炸了。”他柔声说，“我爱你，美乐笛。”

这话一下子让我变得眼泪汪汪。哪怕一次也好，我多希望自己能抱一抱妹妹，或是告诉爸爸我也爱他，用真正的话语，而不是通过机器。

今天在学校里，大家的反应正如我所料：从嘴巴里飘出许多好听的话，而眼神却透露了真相。他们的眼神冷冷的，好像是我敲着记者的脑袋强迫她在报纸上登了我的那张照片。

连罗丝也表现得很疏远。“报纸上你那张照片真不错，美乐笛。”她说。

“谢谢。其实应该登我们大家的合影。”

“我也这么觉得。”罗丝答道。

我只能叹口气。我好像做什么都不对。其实我一点也不想搞成这样，我只想跟别人一样。

我们到狄明老师的课堂上去上课，他穿着另一件崭新的西装——一定是赶上买一赠一大甩卖了——昂首阔步地走进来，笑容也是崭新的。他拿进来一摞早报，看起来好像幸福得都要爆炸了。

“我昨晚压根儿就睡不着，”他对我们坦白，“我实在是太为咱们竞赛队和学校骄傲了！”

他停顿了一下，全班为竞赛队欢呼起来。罗丝、莫莉和克莱尔都开心地笑了，康纳和罗德尼向大家欠身表示答谢。甚至有几个孩子转过身来，笑嘻嘻地看我。

“我们会有免费的比萨什么的吗？”康纳脱口而出。

“当然啦！”狄明老师说，“校长宣布了，下个周五是竞赛队日，到时候学校给全校学生提供免费比萨和汽水！”

班上响起了更大的欢呼声，康纳看起来真心实意地觉得高兴。

狄明老师继续说："我想特别表扬一下美乐笛，她为我们队获得胜利作出了很大的贡献。我建议大家把特别的掌声送给她！"

他开始拍手，全班都跟着拍了起来，但掌声似乎更出于礼貌而不是发自内心。我猜我没有免费比萨那么动人心弦。

"谁看了昨晚的十一点新闻？"狄明老师问，仍然笑得很灿烂。

大约一半同学举起了手。我没看到，一到家我就精疲力竭地睡着了。

"我把它录下来，然后转成数码格式上传到我的网络个人空间了！"他兴奋地告诉我们，"不过，现在我们得回到正常的教学内容上了。"他的声音有些失望。

"可我们怎么准备华盛顿的决赛呢？"罗丝问。显然她没打算让老师正常教学。

老师们可真容易被转移注意力呀！我就知道他会上钩的。

狄明老师再次露出微笑，深吸了一口气。"我们只有两周的准备时间，罗丝。我给咱们的每位冠军队员准备了一个文件包，"他一边说一边把一些文件分发给大家，"把这些拿回家，明天一定要带回来。这里面包括如何领取免费机票的信息、我们在华盛顿的宾馆信息，还有在华盛顿的日程安排。这里面还包括我们这两个星期的训练的具体安排，今天就开始。我们每天下午放学后学习，星期六学习半天。”

“星期六？”康纳以难以置信的语气问。

我也有点担心这个。整整半天吗？如果凯瑟琳来不了，我怎么去洗手间呢？怎么吃饭呢？

“我会带硬面包圈来当早饭，带水果做零食，午饭我们叫汉堡包外卖。”狄明老师对他说。

“听起来有点太健康啦，”康纳咧嘴一笑说，“不过我会来的。”

“你只要逃一次训练，就自动变成替补队员，康纳。我们这次是冲着冠军去的。”

“你干吗不休息几天呢，伙计？”罗德尼对康纳说，“我会很高兴取你而代之的。一眨眼的工夫就能把你挤下去。”他语气竟然很严肃。

“没门儿，哥们儿。我会来的！”康纳急忙说。

莫莉举手。“狄明老师，替补队员也去华盛顿吗？”

“当然了！”

“那，我应不应该买一件新裙子，准备着万一上比赛的时候穿？”

“那是你自己的事，莫莉。”老师说。

接着克莱尔举手了。“狄明老师，我知道莫莉的意思。因为在华盛顿的比赛是六个人一队，不是四个，那您会选哪两个替补队员加进去？”

“我们用一个分数累加系统来决定。”他回答，“训练期间所有的练习赛的分数累计起来，总分最高的六个同学就是最后参加决赛的队伍。怎么样，公平吧？”

克莱尔似乎很满意，她和莫莉两人击了一下掌。

狄明老师终于回到了正常的课堂教学，讲起了西班牙和葡萄牙。而我尽力避免引起其他同学的注意：不发出奇怪的声音、嘟囔或踢腿，让别人听到；也不回答问题，哪怕我知道答案。我和凯瑟琳一起坐在教室后面，只希望上午的课赶快结束。

整个下午我都待在 H-5 班，我们在那儿一连看了三个小时《猫和老鼠》的动画片。你能相信吗？

放学后，凯瑟琳喂我吃了一小杯布丁、喝了点果汁，然后就该去狄明老师的教室参加第一次训练了。我喝完最后一口果汁时，她皱起眉头。

“你在烦恼什么呢，美乐笛？”她问，“你现在应该是世界上最开心的人了，怎么倒好像被谁打到鼻子了似的？”

“他们不想让我参加竞赛队。”我敲道。

“这太荒谬了！你是昨晚的明星。”

“问题就在这里。”

“没了你，他们可赢不了！”

“他们怕我。”我想解释清楚，“他们觉得我的模样很滑稽。”

“你以前可没为这些事心烦过，”她反驳我。

很难用语言描述我的感受，再通过语音电脑准确地说出来。我知道我在竞赛队里让其他的队员觉得很不舒服；似乎没有别的方式来表达。我加入了竞赛队，一开始大家觉得很可爱，参加地区赛，或许也还没关系，可参加总决赛——上全国的电视台——那又不一样了。我会让他们引人注目，而且不是让人愉快的那种。

我继续打字。“我让他们显得……”我犹豫了一下，然后敲道，“怪异。”

“你是全队最聪明的人！”凯瑟琳激动地说。

“可我流口水。”

“那就带盒纸巾呗！”

“我会发出奇怪的声音。”

“那康纳有时候还放屁呢！”

这句话让我没法不笑了。

“别再自怜了，年轻的女士！我们这就去D老师的教室，给他们点厉害看看！”

“好，走吧。”我打字。

凯瑟琳推着我来到教室，我高高昂起头。好吧，至少，是脑袋没东摇西晃的时候，尽可能抬得高高的。关于报纸上那篇文章，没人再说什么。训练照常进行。绝大部分问题我都答对了，妈妈来接我的时候，我感觉好些了。

但我还是注意到，我离开的时候，罗丝、克莱尔和莫莉正在窃窃私语。她们可能在聊新出的音乐影片，或者逛街购物的事……也可能是在谈论我。

第二十八章

怎么能指望我们这么短的时间就准备好呢？要疯了！又是机票，又是家长同意书，又是文件手续，又是训练。

几乎两个礼拜，每天都在训练。每天晚上，V阿姨陪我一起学习：词汇，城市，州，国家，首都，海洋，河流，颜色，疾病，天气，数字，日期，动物，国王，女王，鸟类，昆虫，战争，总统，行星，作家，将军，法律，名人名言，度量衡，方程式，定义。脑袋里塞满了成千上万的事实和数字，令我始终头晕目眩。可我现在准备好了。我们队也准备好了。

狄明老师说话算数。几天之前，最后一次训练课的时候，他宣布了所有练习赛中累计总分最高的六个人的名字。当然，跟其他孩子一样，我也一直在心里默默算每个人的分数，所以我非常肯定，我是可以上电视的正式队员，不是替补。

狄明老师宣布名单的时候，满脸期盼，容光焕发。他紧张地踱来踱去，要再快一点，简直就是跳舞了！

“咱们开始了，”他说，“我觉得应该来一阵鼓声伴奏什么的。”

“读名单吧，求您了！”康纳不耐烦地嚷嚷道。

狄明老师慢吞吞地说：“斯伯丁街小学竞赛队冠军赛的六位队员是……”他顿了顿，我觉得康纳要扔东西砸他了，“罗丝，康纳，美乐笛，艾琳娜，罗德尼，还有莫莉。克莱尔和阿曼达是替补队员。”

“我成了替补？”克莱尔倒抽一口气说。

“莫莉比你高两分，克莱尔。”狄明老师解释，“不过你还是可以跟我们一起去，一起旅游，给我们加油。”

“可是，是我帮助她学习的！”克莱尔怒气冲冲地说，“这也太不公平了！”

我摇了摇头，轻轻一笑。克莱尔不知道，不公平的事情有那么多啊。

莫莉一脸扬扬自得的表情，看上去一点歉意也没有。她妈妈来把她接走了，训练课结束了。

总决赛就在明天——星期四晚上。假如我们赢了，就能上星期五早上的《早安美国》节目，接下来去白宫参观。星期六安排的是在华盛顿市内观光，然后星期天回家。如果一切顺利，星期一我们回到学校时，有可能已经是全国冠军了。哦，还带着那个大奖杯。

因此，我们今晚收拾行李。我从来没出过远门，所以我们真得好好安排计划一番。我觉得兴奋得发疯，也紧张得发疯。老爸给我买了一个带脚轮的大红色旅行箱，它的气味儿就像新车内饰的气味一样。我摸摸它就忍不住笑起来。

老妈和我昨天去购物了——我们一起购物的机会可不多。妈妈让我自己选了几件衣服——还有牛仔裤呢，那些实用的、麻袋一样的宽松运动服这次旅行一件也不带！

我们去购物中心的时候，路过了一家贺卡店。我灵机一动，在电脑上敲道："进去。买卡片。拜托。"

"送给谁？"妈妈一边推着我进去一边问。

"凯瑟琳。"我打字，"我想谢谢她，她帮助我准备比赛。"

"你真是长大了，懂事了！"妈妈显然很高兴。

"也给V阿姨挑一张，好吗？"我敲道。

"当然可以！"

我们找到一张卡片，给V阿姨再适合不过。卡片正面是满满的几百只橙子，而正当中有一只橙子是蓝色的。打开后，里面写着：你是万里挑一。谢谢你。

"她一定会喜欢的。"妈妈说。

给凯瑟琳的卡片，我挑了一张这样的图案：一张桌子上满是电脑、MP3播放器、电脑游戏机啊什么的，一个年轻姑娘戴着耳机，连接着所有这些设备。卡片上写着：真高兴你永远在我身边，跟我紧密相连。谢谢你所做的一切。

"你就算自己设计，也不会比这些卡片更好了。"妈妈一边付钱一边说。没错，相当完美。

大约七点的时候，门铃响了，是V阿姨过来帮忙做最后的准备工作，收拾打包什么的。她和老妈配合默契，是一对好搭档。

“我参考狄明老师的建议，列了一份清单，”妈妈说，“比赛时穿的黑裙子和白衬衣。”

“有了。”V阿姨说着，利落地把那两件衣服叠起来放到我的旅行箱里。

“有啦！”佩妮学着说。

“备用的白衬衣，以防万一。”妈妈说。

“好主意！”V阿姨点点头答道。

妈妈小心地叠起另外两件上衣，还有我最喜欢的一条牛仔裤。“在华盛顿观光时穿的舒适衣物。买旅游纪念品的零钱，太阳镜，相机。”

“有了，有了，有了。”V阿姨一连声地说。

“睡衣，牙刷，身体清新剂，发夹。”

“都在这儿了。”

“一件保暖外套——三月份的天气说不准会是什么样。”

“有啦！”佩妮叫道。

“语音电脑的充电器、备用电池，纸巾，湿纸巾。”

“知道了！”

“伞呢？”

“你用的还是美乐笛用的？”V 阿姨笑着问，“你自己的包收拾好了吗？”

“嗯，我收拾得差不多了。我也紧张啊。”妈妈停了一下，又说，“你是最棒的，维奥莱特。我知道我们不在的时候，佩妮跟你在一起很安全……”

“还有奶油糖。”我插嘴。

她们俩都笑了。妈妈接着说：“老实说，要没有你，美乐笛现在是不可能坐在这儿收拾行李准备旅行的。”

“拿卡片，妈。”我打字。我伸手往背后够，可根本摸不到书包的边儿，书包挂在轮椅背后呢。

妈妈从包里拿出一个信封，放在我的托盘上。我把它推到 V 阿姨那边。

她打开信封，读了卡片，然后紧紧地拥抱了我，抱得我都喘不过气来了。“我要把这张卡片贴在冰箱门上！”她轻声说，“我想每天都看到它。”然后，她急急忙忙地低头去擦我的一双鞋，那双鞋还一次也没穿过。

“我有点害怕。”我老老实实地说。

“瞎说，美乐耶乐，”V 阿姨跟我说，“我百分之百指望能在《早安美国》上看到你，还有那个十尺高的奖杯！”

“那可太棒了。”我敲道。

“再跟我说一遍，”V 阿姨对妈妈说，“明天飞机什么时候起飞？佩妮，把美乐笛的内衣从头上拿下来，傻姑娘！”

妈妈查了一下文件。“飞机中午起飞。也就是说，我们必须在九点之前离开家，十点钟到机场，办理登机手续，检查她的轮椅是不是好好托运了什么的，然后就可以休息一下，等着登机了。”

V阿姨抓抓脑袋。“我很奇怪他们为什么选中午的航班。这么一来，你们大约下午两点才能到华盛顿，比赛七点开始，时间有点紧张呀。”

“狄明老师跟我们说，那家宾馆需要晚一点入住。再说电视演播室离宾馆很近，就在马路对面，所以应该没问题的。”

妈妈关上旅行箱、拉上拉链的那一刻，我觉得眼泪涌了上来。我不敢相信正在发生的这一切。明天的这个时间，我就会身在华盛顿，被全国电视转播。我祈祷到时候千万别出糗。

我想打电话给罗丝，问问她是不是也紧张。我想问她打算穿什么去参观白宫，假如我们能遇到第一夫人呢——哇，那可是太令人激动了！我还想知道我们俩在飞机上会不会坐在一起。我真想跟其他那些女孩一样。

那天晚上我没睡好。早上，妈妈给我洗澡、换衣服、吃东西，速度快得破纪录，爸爸则给佩妮收拾停当。

“去看飞机？”她问了又问。

“飞啦！呜——”爸爸一边说，一边把佩妮抱起来在屋子里飞来飞去，她爱死这游戏了。

我们出了门，V阿姨急匆匆地捧着相机来了。她拍了几张照片：我坐在轮椅上系安全带，我的旅行箱被搬到车里，还拍了我勇敢无畏、充满希望的胜利微笑。然后，她用爸爸的摄像机又全都拍了一遍。啊，我们永远也不会忘记这个早晨！

佩妮在周围飞奔，追着奶油糖，又围着汽车绕圈子跑，汽车刚洗过，还打了蜡，闪闪发光。妈妈穿着一件很酷的牛仔外套，令人惊诧的是，她还穿了一双样式时新的耐克鞋。她把我们的包包放上车，到八点四十五分，我们全都准备好了，整装待发。

爸爸把奶油糖送回屋子里，然后出来，锁上了大门。“都好了？”他问。

“我们出发吧！”妈妈喊道。连佩妮都能感觉到我们的兴奋之情，拍着小手儿。我忍不住咧嘴直笑。

虽然我知道我们时间足够，我还是一个劲儿催爸爸开快点。我太害怕错过航班，或者忘带机票，或者我半路呕吐起来，怕我们不得不折返回家。

到了机场的停车场，我们毫无困难地找到一排空空的残疾人停车位。爸妈把我、轮椅、行李，还有佩妮和嘟豆一一搬下车，V阿姨又拍了好些照片。

感觉好像花了好几个小时，其实不过几分钟，我们就来到了值机台。

V阿姨推着我，妈妈抱着佩妮，爸爸推着行李车，行李最上面放着嘟豆。正好十点整。

“您好！”妈妈喜气洋洋地对柜台后穿制服的女士说，“我们来办登机手续，中午十二点飞往华盛顿的航班。”说着，她把机票递给那位女士。

“中午的航班？”那位工作人员皱起眉头。她在电脑上敲了几下键盘和鼠标，抿起嘴唇，然后又敲了一会儿键盘。最后，她抬起头来说：“很抱歉，女士，这趟航班已经取消了。今天取消了好多趟航班，因为东北部发生了暴风雪，很多地方的航线都瘫痪了。”

取消了？我的胃开始咕噜作响。

“暴风雪？”妈妈声音沙哑，“可我们这儿天气挺好的啊，阳光明媚。”

“波士顿已经有五英寸的积雪了。再往南部去，预报说今天下午还会有更大降雪。这样的天气里美国联邦航空局不允许飞机起飞，所以我们整个系统都瘫痪了。有些飞机本来应该到达我们机场，然后再返回东部去，现在这些航班全都取消了，所以我们下午的航班也无法起飞。这很复杂，抱歉。”

柜台后的这位工作人员还在飞速地敲击键盘。她对妈妈说：“我可以为您和您女儿改签到下一班直航，晚上七点二十三分从这儿起飞，九点零七分到达华盛顿。气象台预测到那时暴风雪过程应该已经减弱，所以我们可以逐渐恢复航班。事实上，明天暴风雪就应该完全停止，变成降雨了。”

这时我的心怦怦直跳。

“您想让我现在就为您改签吗？”她欢快地微笑着。她不明白。

“可比赛七点就开始了。”妈妈无力地喃喃说道。

“您说什么？对不起，我没听到。”工作人员说。

我没法呼吸了。

妈妈把声音提高了一点。“可我们队里的其他人呢？我们是一起旅行的——一群小学生，是竞赛队，事实上。他们也预定了这次航班。我们今晚要参加知识竞赛。”

“哦，我记得那群孩子，他们今天早上一早就到了。了不起的一群孩子，非常有礼貌，举止得体。他们跟我说了好多竞赛的事，还有那个大奖杯，他们可能会带一个大奖杯回来。”

“他们早就来了？”妈妈嗓音低沉。

“他们好像是一起去吃早餐了，然后就直接来了机场。这倒是件好事，要不然他们就走不了了。”

“他们在哪儿？”妈妈问。

“哦，他们换到了九点的那趟航班——那是最后一趟出发往东部飞的飞机，后面的航班就都取消了。他们是跑着去登机口的，不过还好，刚刚赶上。我看着他们出发的。”她低头看了一眼电脑显示屏，“没错，那趟航班大约一个小时以前出发的。”

“他们已经走了？”妈妈轻声说。

我感觉我要窒息了。

“您和家人是去华盛顿给他们加油的吗？”那位工作人员问。她还是没明白。

“不，我女儿是竞赛队的队员。”妈妈解释说，“我们必须到华盛顿去。有没有其他的航班——也许，其他航空公司的？”

那位女士看着我，眨巴着眼睛。“她坐着……”她开口问，随即发现不太合适，于是住了口，将目光转向电脑屏幕，又开始运指如飞地敲起键盘。我可以听见她的指甲敲在键盘上的声音。

爸爸把两只手都撑在柜台上，身体往前倾，冲着工作人员。我从没见过他这么生气。“怎么能发生这种事？你们难道不应该通知我们航班取消吗？”

“我们会尽量通知，先生，但并不是总能通知到每个人。”那位工作人员的语气听起来带着真心的歉意，“但我们的确一直建议旅客事先打电话来确认航班的信息。”

“可这是我们一辈子最重要的一次旅行！你根本没法明白这对我女儿来说有多重要！”

我拼命闭紧眼睛。刺耳的机场喇叭里传来愚蠢的电梯音乐，我听不到美丽的颜色，闻不到怡人的芳香。我能看到的只有眼珠后面的一片黑暗。

“我真的很抱歉，先生，真的。”那位工作人员说。

“有没有可能转机去呢？我们必须今天下午把她送到华盛顿去！”

那位工作人员又开始敲键盘、鼠标，好像过了几个小时那么久，最终，她抬起头来。“没有别的航班去华盛顿了，不管哪个航空公司、直航还是转机，都没有了。天气状况让所有航班都停飞了，到今晚之前，什么办法也没有。我非常抱歉。”她轻声说。

我睁开眼睛，因为我的眼泪要溢出来了。

爸爸从柜台走开，他紧紧地皱着眉头，脸因为愤怒而扭曲，然后，毫无预兆地，他狠狠地一拳打在我背后的墙上。

我猛地抬起头。我知道那一定很疼。

“啊啊！我不该这样！”他一只手捧着另一只手说。

可此刻如果我能狠狠挥拳打在墙上，我也会那么做的。

V 阿姨看看爸爸，又看看我。“我也不明白怎么会发生这种事。”她对妈妈说，“竞赛队里难道没有人给你们打电话吗？”她的声音简直可以粉碎砖头，“也许，那位老师？”

“可能他们没有时间打，”妈妈无助地说，“至少，我希望是这样。他们当然……他们当然不会故意把她扔下的。”

我还是没有好好吸一口气。

“我真的觉得抱歉，女士，”值机台的工作人员最后说，“我连附近城市的机场信息也查过了。今晚之前，没有飞机从这个地区起飞。我们七点钟的航班倒是有足够的空位，如果您想让我帮您改签的话。”

“不用了，谢谢您。”妈妈轻声说，“太晚了。”

我觉得整个机场像一片真空，没有声音，没有人说话，没有空气。

妈妈慢慢向我走来。

我坐在那儿，穿着崭新的蓝白搭配的外套，与衣服相配的新网球鞋，旁边放着闪闪发亮的新旅行箱，觉得自己非常非常蠢。

还有，愤怒。他们怎么能这样对我？

还有无助。我讨厌这种感觉——就像我小的时候，躺在地上仰面朝天、动弹不得，像一只四脚朝天的蠢乌龟。我什么也做不了，什么——也——做不了。

“开车去华盛顿要多长时间？”V阿姨问。我甚至都没抬头，我知道答案。

“最少十个小时，”爸爸答道。他的声音很轻。

“坐飞机飞飞？”佩妮问。

“今天不飞了。”爸爸说着用没受伤的那只手温柔地摸了摸她的头。

妈妈把我推到办理登机区另一端的椅子旁边，在我面前蹲下身。她在哭。

我觉得我再也呼不出一口气了。

妈妈抱住我。“都会好的，宝贝。你还是全世界最棒的、最聪明、最了不起的姑娘。无论如何，我们都会挺过去的。”

不，我做不到。

V 阿姨也擦着眼睛。她坐在椅子上，把我的两只手都握在她手里。“哦，宝贝姑娘，我知道这很难受。可实在是没办法让你去华盛顿了。”

我只能坐在那儿。这个早上开始的时候像水晶，可接下来却变成了打碎的玻璃。

第二十九章

回到家后，我让妈妈把我送上床。我不愿意吃午饭。我想睡觉，可竞赛题和“为什么”不停地飞到我的脑子里。

为什么他们没给我打电话？

为什么他们没告诉我一起吃早饭的事？

为什么我不能跟别人一样？

最后我终于在枕头上哭了。奶油糖用鼻子蹭我的脸，可我没理她。

他们故意扔下我的！他们怎么能那么做？他们故意扔下我！

我很想重重地跺脚、踩什么东西。跺脚，跺脚，我要跺脚！可我连跺脚都做不到，这让我更愤怒了。我甚至不能像普通小孩那样发火！

佩妮偷偷往我房间张望，然后，她发现我醒着，就爬到我床上来，紧紧地依偎在我身边。她身上散发出西瓜味泡泡浴的气味。她努力数我的手指头，然后又去数她自己的，可她知道的数字只有一、二、三、五，因此她一遍又一遍地说这么几个数。接着她又想教嘟豆数数："二，嘟豆！二！"我觉得自己放松了那么一丁点儿。

"哦，你在这儿呢，佩妮！"爸爸的声音从门口传来，"你在逗笛笛开心吗？"

"笛笛好姑娘。"她跟爸爸说。

"是的，没错。她是最棒的。"爸爸表示同意，"你还好吗，美乐笛？"他走过来，抚摸着我的头发问。

我点点头，指了指爸爸的左手手腕，那里缠上了布绷带。

"是啊，疼得很呢。"他说，"真是件傻事，但我猜那么做让我感觉好受些。"

我又点点头。

他用右手把佩妮从我床上抱起来。"准备好吃点心了吗，佩妮小姐？"他问。

"热狗！"她提要求。

"美乐笛，你想让我给你弄点儿什么吃的吗？"他问我。

我不饿。我摇摇头，指了指时钟。

"过会儿再吃？"爸爸问。

我对他笑笑，他带着妹妹轻手轻脚地离开了我的房间。

电话铃响了。

我听到妈妈说："哦，您好，狄明先生。"她快步走进我的房间，无绳电话被她捧在耳边，手掌紧紧地握着听筒，我都可以看到她手背上的血管了。

“不，我不明白，”妈妈毫不客气地说，“为什么没人给我们打电话？”她听了一分钟，然后怒火爆发了，“我们很容易提前一个小时到机场，我们天不亮就可以到！”她几乎在吼叫，“你知道这对我女儿的打击有多大吗？”

短暂的停顿。

“是的，我知道她多半是全队最聪明的孩子。以前是。过去时态。没有现在时了。”妈妈又停下来听狄明老师说什么，“你会补偿她？你在开玩笑吧！”

妈妈挂了电话，把电话扔到屋角。她抹了抹眼角，从我桌上的盒子里抽出一张纸巾，重重地坐在我床边的摇椅上。我听着她擤鼻子，然后我转过身。

“哦，美乐笛，我多希望能让你所受的伤害消失。”她悲伤地说。

我眨着眼，眼泪流出来。

她把我拉起来，抱在膝头。我不像小时候那样刚好窝在她怀里，但妈妈的怀抱感觉还是很好。她抱着我一边摇晃，一边温柔地哼着曲子。最后，我听着妈妈心跳的节奏睡着了。

第三十章

今天发生的事全都是我的错。我真该听爸妈的，我们全家人今天都应该一起待在家里。可我们没有，全都是因为我。

这天早上我睁开眼，发现外面在下雨，打雷，闪电，刮风。暴雨像瓢泼一样，没完没了地从天上倒下来，把一切浇得透湿，雨伞和雨衣根本不顶事。连空气都灰蒙蒙、沉甸甸的，充满浓稠的水汽。我可以听到大雨重重地敲着我的窗子。

爸爸进来了，坐在我们小时候一起读书常坐的那把扶手椅上，小心地捧着手腕。妈妈给他弄了个吊腕带，把胳膊挂在上面。“天儿真糟透了。”他说。

我点点头。

“昨天晚上，在华盛顿，快到决赛的时候你们队被打败了。”他告诉我，“他们得了第九名——拿了个丁点儿大的奖杯。”

可他们已经不是我的队了。我努力装出不在乎的样子，使劲地眨眼，把脸转过去朝着墙。

“真希望我能帮你把一切都变好，美乐笛。”爸爸轻声说完，起身走了出去。

这句话让我的眼泪真正地掉了下来。

一开始我不想去学校。我有借口不去，因为我今天原本应该在华盛顿，而且，就算我去上学，也就是和威利、玛丽亚还有弗莱迪一起在 H-5 班坐上一整天，看起来毫无意义。

可我仔细想想，又改了主意。我能感觉到自怜又一次变成了愤怒，而愤怒之中我下定决心，不能像只被欺负了的小狗一样坐在家里。我要出现在所有人面前，让他们知道，我没被打败。

就在这时，妈妈出现在门口，她靠在门上说：“你今天想待在家吗？没人会怪你的。”

我使劲地摇头。不！不！不！我一脚把被子踢开。

她叹了口气。“好吧，好吧。可是天气太差，我早上起来又犯了偏头痛。还有，佩妮病了，奶油糖吐了，正吐在地毯上。我得把她关到地下室去。”

她给我洗了澡，穿好衣服，送到楼下。平时都是爸爸抱我上下楼梯，可他的胳膊今天罢工了，妈妈只好发出两声不满的哼哼，自己干这件重活儿。她把我放在手动轮椅上（电动轮椅和雷雨天气很难相安无事），安好以前那个有机玻璃的对话板（埃尔薇拉也一样），然后坐下来喘口气。

“好像要有个雷雨天了，宝贝。”她瞟了窗外一眼说，外面湿漉漉的一团糟。她把梳子插进我的头发时，轻声说：“发生了这一切，我很难过，我的小美乐笛，非常非常难过。”

我伸出手去碰碰她的手。

雨还在下个不停。

她给我做了早饭——炒鸡蛋和“麦乳”全麦片，然后一口一口喂我吃。她好几次用手扶着额头，不怎么说话，安静得不寻常。我怀疑她是不是在默数喂过我多少顿，还得再喂我多少顿。

佩妮头顶着松松垮垮的黄帽子，脚穿着黄色小鸭掌形状的拖鞋，溜溜达达到了厨房，一会儿咳嗽一会儿打喷嚏。

妈妈放下手里的碗，找了张面巾纸，去给佩妮擦鼻子。当然，佩妮最讨厌擦鼻子了，于是她尖叫得好像被敌军间谍严刑拷打似的。平时，妈妈总是跟她做个小游戏，也擦擦嘟豆的鼻子，让佩妮觉得好受一些，可这次，我猜妈妈没力气玩那些花样了。

接下来电话铃响了。妈妈一手拿着勺子、一手拿着脏纸巾，去接电话。

“您好。你说什么？让我过来？可我今天休假，本来应该去华盛顿的。”她停了一会儿，“说来话长。”

我心里紧了紧。佩妮继续鬼哭狼嚎。

妈真该把佩妮和那只狗一起关到地下室去！我皱着眉

头想。

奶油糖猛烈地抓挠着地下室的门。

“佩妮，别喊了！”妈妈用一只手捂住电话听筒，大声叫道，“我都听不见了！”

佩妮安静了一点儿，但之所以安静是因为她蹲下来，把两只手都伸进了奶油糖的喝水盆里，把水溅得满地都是。

妈妈听了一会儿，然后对电话那头说：“事故有多严重？伤患很多？好吧，我明白了。我一会儿过去，不过得先把女儿送上校车。”

她挂上电话，叹了口气，把手里的纸巾捏成一团。

“查克，我得去医院。”她对爸爸喊道，“高速路上出了严重的追尾事故。你换好衣服准备出门了吗？”

爸爸下楼来，他还穿着睡衣。“我今天不上班。”他宣布。

“你几乎从来不休假呀。”妈妈说，惊讶地蹙起眉。

“我的手腕疼，天气太糟糕，佩妮又感冒了。”他解释说，“你今天干吗不跟我一起在家待着？”他对我说。

不行，我踢着腿大声尖叫，坚持要去上学。不能错过今天！我指着板子。必须去！必须去！

妈妈又用手扶住了脑袋。最终她只说了句“把佩妮从狗食盆里弄出来”。

爸爸扯了一堆厨房纸巾，把佩妮搞得一塌糊涂的地板收拾干净，又拿一张湿纸巾给她擦了鼻子。这个举动弄得她又开始惨叫，越发地尖厉刺耳。

就在这个时候，她伸出手来碰翻了我托盘上的一杯橙汁。我的干净衬衣瞬间湿透，一片狼藉。她是故意的！我愤怒地想。

妈妈只是耸了耸肩，三下两下，动作迅猛地把我的衬衣剥了下来。她对爸爸说："美乐笛下定决心今天要去学校——至于为什么，我不知道——不过让她去也好。"

我没法对他们解释，我想见到凯瑟琳。不知为什么，我想让她跟我聊聊，我觉得我会好过些。她是个大学生了，她肯定知道该说什么。还有，我得给她那张卡片。今天就要给她。

妈妈为了给我找件新衬衣花了好几分钟，最后她想起来，所有的干净衣服都在旅行箱里。她把那个大红色的旅行箱拖到厨房来，我看着她，然后扭开脸。我再也不要哭了。

不知为什么，那天早上校车来早了。我刚换上干净衣服，午饭和给凯瑟琳的卡片还没装进书包里，我还要去厕所。在巨大的雨声和雷声之外，还是能清楚地听到校车鸣喇叭的声音，那声音总是像一只鹅在痛苦地惨叫。

我听到爸爸打开大门，对司机挥手示意。他嚷嚷着说："别等了，格斯！她还没收拾好！"司机是个浅棕色头发的小伙子，在这条路线上开了好几年校车了。他又鸣了一次喇叭，然后就轰隆隆地开走了。格斯很酷，看到爹妈们手忙脚乱地把孩子们送出门，他通常会等上几分钟。我们这些孩子早上要把一切收拾停当的确比较花时间。

“美乐笛，宝贝，干吗不就待在家里和爸爸和佩妮一起呢？好吗？”妈妈一边把我从马桶上抱下来一边说，“天气实在坏透了！”

我又开始踢呀叫呀，拼命摇头。不，不，不！我不知道为什么这么重要，但我知道我必须在学校露面。也许我想让每个人都知道竞赛队对我做了什么——我真不清楚。我只知道我一定要去学校。

妈妈叹口气，帮我提上牛仔裤。我回到轮椅上之后，对她指着谢谢和妈妈。她只是摇摇头，把我的午饭塞进书包。

雨势似乎丝毫没有减弱的迹象，妈妈深吸了一口气，开始着手把我装上车。我坐校车去学校的时候，只需要把轮椅从门口的斜坡滚下去，开到车道上，然后开进校车特制的电梯，它会把我送到车上一个特别设计的区域，有安全带把我的轮椅固定在那儿。

可我要是坐小汽车，就得大费周章，我、轮椅，还有我的东西要先拆开来，然后再“组装”到一起。就算我用的是手动轮椅，也仍然是个苦活儿。

而且，爸爸一点也帮不上忙。他的胳膊挂在悬带里，只能耸耸肩，使劲做出抱歉的表情，好像不能出来给妈妈搭把手让他十分遗憾。我觉得他其实有点暗自高兴，而这一点让妈妈更烦了。

风势和雨势没什么变化，甚至更大了。妈妈用一顶巨大的塑料雨衣把我连人带轮椅罩上，自己也披上一件，可没过几秒钟，雨衣的帽子就被吹掉了，我们的脑袋全湿了。我们缓慢地朝走轮椅的斜坡挪动，风像鞭子一样，雨从四面八方砸向我们。

我觉得很兴奋。我从没见过早上八点天还这么黑，雷电和大风使得这一切看起来像一部精彩大片里的画面。我的头发又短又卷，所以我觉得它打湿之后显得有点可爱。而妈妈非常讨厌打湿头发，因为她的头发会变得湿淋淋、软乎乎、乱七八糟。我得承认这点：湿着头发的妈妈应该躲到壁橱里去，不出来见人。

她打开副驾驶一侧的车门，风把它吹关上了。她又打开，这次把我和轮椅当做门挡。当然，这样一来，车的前座就都湿透了。妈妈把我抱进车座，系上安全带，然后开始费劲地折叠轮椅。还好，轮椅大部分是塑料、皮子和金属材料的，可我知道，就算到了学校有人把它彻底从头擦到脚，它也会一整天都潮乎乎的。

妈妈把我的轮椅，还有旧交流板在SUV车的后备箱里放好，砰的一声用力摔上了后备厢门。雨还在继续下，等她迅速跑回驾驶座，已经狼狈不堪，头发直往下滴水，情绪也坏透了。

“真希望能回到床上去。”她一边插钥匙打火一边气呼呼地说，“我头疼得要死了——我干吗答应今天去上班啊？我今天应该休假，跟你一起在华盛顿。”她重重地叹了口气。

我踢腿作为回答，但只踢了一小会儿。我不想让她更烦心了。这时我往面前一瞟，突然发现她忘了带我的书包。给凯瑟琳的卡片！我伸手抓住妈妈的胳膊，指着我的脚。

“什么？”她恼火地说。

我踢呀、指呀、哼哼呀，然后指着房子。老爸已经换上了一身厚厚的灰色休闲服，笑嘻嘻地站在大门口，右手里拿着我的牛仔布书包。我可以看到佩妮站在他背后，还穿着小黄鸭的睡衣，加了顶黄色雨帽。她手里拿着嘟豆和妈妈的红雨伞。电闪雷鸣，大雨倾盆。我看到妈妈的手握紧了方向盘。

她发出一声奇怪的声音，听起来倒像我经常发出的，几乎是一声咆哮。“啊——啊！”她猛地打开车门，大步流星地又走进暴雨里，走上斜坡，从爸爸手里一把抓过书包。回到车里的时候她已经从里到外都湿透了。爸爸站在门口最后挥了挥扎着绷带的胳膊，就回干燥舒适的房子里去了。我看着大门关上……还差一点。

就在那时，我看到一个黄色的小身影，拖着把红伞，从房子里跑出来。我只看到一秒钟，可我的确看到了。

我尖叫起来！踢腿！挥舞胳膊！

车窗几乎全部蒙上了雾气，我像魔鬼附身一样拼命闹腾，而车窗上的雾更重了。妈妈看着我，好像我精神错乱了。她对我尖叫："停下！你疯了吗？"

可我没停下。我不能停下。我用力往车窗上撞，拉妈妈的衣服，敲她的头。我还拧她，至少试图拧她。

"我再也受不了了，美乐笛！"妈妈的尖叫声比雷声还响，"每次你这个样儿我都讨厌死了！你必须学会控制自己！马上给我停止！"她把手放在钥匙上，发动了汽车。

我尖叫着，探过身去想把钥匙从妈妈那儿扯过来，抓破了她的手背。

她往我的腿上打了一巴掌。妈妈以前从没碰过我一个指头，从来没有。我还是没有停下，尖叫、踢腿、抽搐。我必须告诉她。我必须告诉她佩妮在外面！我从来没有比现在更需要语言。

我一定要发疯了。

"我要送你去学校，希望你干脆别回来了！"妈妈用几乎低得听不到的声音咕哝了一句。她生气地发动了车，一股气流冲出来，驱散了车窗上的雾，挡风玻璃上的雨刷以最快的速度摇摆着。

我哭了。大滴大滴的眼泪。我又一次抓住妈妈的胳膊，可她什么也没说，把我的手甩开了。我能看出她又想打我了，可她没动手。她的嘴唇抿得紧紧的。她看了看后视镜，开始倒车。

我用尽全身力气尖叫。雨倾盆而下，雷声咆哮。

缓缓地，这辆大车往后倒去。我感觉到砰地一震，车撞上了什么柔软的东西。我变得死一般安静。

妈妈停下来，把头慢慢转向左边，然后又慢慢转向右边，几乎像电影里的慢动作。爸爸从房子里跑出来，脸上是全然的惊慌。“佩妮！”我听到他喊，“佩妮在哪儿？”

妈妈把我这边的车窗摇下来。大雨浇在我身上，但我没有感觉。“你什么意思？她跟你在一起啊！”妈妈的声音很低，但听起来发疯一般，而且非常非常害怕。

她下了车。她低头看。她发出了一声很长很长的尖叫。

她的尖叫声那么大，超过了最终来到我们这个街角的警笛声，超过了随后赶来的消防车和急救车的鸣笛声，超过了我静静的哭声。

我坐在那儿，好像坐了几个小时，完全被忘记了，安全带把我绑在汽车前座上，大雨从开着的窗口泼进来。

我恐惧得疼痛起来。

第三十一章

空气黏稠而潮湿，正如随尖叫、哭声和警笛声之后而来的那漫长的沉寂。雨小了，变成了毛毛细雨。

妈妈和爸爸随救护车走了之后，V阿姨把我从车里抱出来，让我坐在轮椅上。她把浸满雨水、泥泞脏污的嘟豆放在我的托盘上。

“我在车底下找到了这个。”她说，声音发颤。

她推着我去她家，同时说：“我们要把嘟豆洗干净，让它等着佩妮回家。你听到了？”我听不出她是想说服我，还是说服她自己。

我感到眩晕，恶心想吐。我一直发抖，停不下来。

V阿姨给我换上了温暖、干燥的休闲服，打开收音机，调到轻松的音乐频道，把音量开得很小。我能听到的颜色只有灰色。

V阿姨站在我身后，温柔地揉着我的肩膀。

“你饿不饿？”她问。

我摇摇头。

她继续按摩着我的后背和肩膀，直到我们俩都觉得紧张感逐渐消失了。

“我要去隔壁拿你的语音电脑过来，还有狗。”她说，“你还想要什么吗？”

我摇摇头，继续听着烟雾般灰色的旋律。

V阿姨带着奶油糖回来的时候，奶油糖似乎很紧张。她一直走来走去，东闻西闻，好像在找什么。

“我想她在找佩妮，”V阿姨说，“狗都通人性。”

她把埃尔薇拉安到我的轮椅上，打开电源，可我们俩都没什么可说的。

“这不是你的错，你知道。”她最后说。

我用力地摇了摇头。V阿姨不应该傻到只说些安慰的话让我好过。

“我是认真的，美乐笛。这不是你的错！”

“不，就是我的错！”我用语音电脑回答，把音量开得很大。

V阿姨走到我跟前，弯下身靠近我，她的脸离我的脸不过几寸。“你已经尽了最大努力提醒妈妈，你应当为自己骄傲。”

“不骄傲。不够。”我敲道。

“有时候的确会发生一些我们无法控制的事情，美乐笛。你什么都没做错。”

这时，我的内疚感像沸腾的水泡一样冒出来。

“我当时很生佩妮的气。”我打字的速度比平时慢。

“佩妮知道你爱她。”V阿姨说。

眼泪从我面颊上流下来。

“我非要妈妈送我去学校。”

“那又怎样？昨天发生了那么多事情之后，你还坚持去学校，这正说明你是个坚强的孩子，比其他人都更好。这件事上我为你骄傲。”

“别为我骄傲。”

“我肯定佩妮会好起来的。”V阿姨接着说。可她的语气却流露出相反的意思。V阿姨听起来对自己的话竟没有信心，这是我记忆中第一次。

“她会死吗？”我必须知道。

“救护车赶来的时候，她还活着，在呼吸。所以我打算相信，她现在还活着。小幼儿的适应能力非凡，你知道。”

还有些事情我必须知道。“她的脑袋？会糊涂吗？”我问。我看过好多关于脑部损伤的电视节目，所以知道这很有可能。我们班的吉尔就是出了车祸，我无法忍受看到佩妮也变成那样。

V阿姨沉思后，诚实地答道：“我猜是有可能的，但我祈祷不要变成那样。”

“两个有毛病的孩子。”我打字。光想到这个念头就让我感觉要窒息了。

“这种事不会发生的，美乐笛。”可V阿姨的声音有些动摇——我听出来了。

我安静了一阵子，然后敲道：“要是我就好了。”

“啊？你是什么意思？”

“没人会想念我的。”

“呀，快别说这种傻话了！要是你出了什么事，我的整个世界都要垮掉了！你爸妈也是一样。”

我不知道该不该相信她。我歪了歪头。“真的？”

“我打算穿紫色去参加你的大学毕业典礼呢！”

“太遥远，而且很困难。”

“就像选上竞赛队？”

“他们扔下了我。”

“可他们输了！”

我从她家的大观景窗望出去，看着湿漉漉的树枝在风中摇摆。“我想和其他孩子一样。”

“那么说，你也想变得刻薄虚伪，不为别人着想？”

我抬头看着她愤怒的面孔，然后转开目光。“不，我只想当正常人。”

“正常人差劲儿透了！”她咆哮起来，“人们爱你是因为你是美乐笛，不是因为你能做到什么、不能做到什么。对我们有点信心吧！”

“我好想回到昨天。”我敲道。

“昨天你心都碎了，因为他们把你扔下了。不记得了？”

“那也比现在好。”

“我明白，噢，美乐笛，我明白。”

“我好害怕。”

“我也是。”

屋里一片静寂，只有我们的念头在回响。

“我养过一条金鱼，它跳出了鱼缸。”我打出这个句子。

“我记得，你妈妈告诉过我。”

“我想救它。没救成。”

这时电话铃响了，我们俩都吓了一跳。我在轮椅里猛地一动，V阿姨接起电话。

“是我。”她说。

我竖起耳朵听着。

“哦，不！”她说。

我的心一下子沉了下去。V阿姨听了很长时间。

“哦，好！”她最后说。然后她眼泪一下涌出来，接着挂了电话。

“佩妮死了吗？”我敲道。整个世界都在旋转。

V阿姨擦擦眼泪，看着我，深深吸了口气。“她受了些内伤，一条腿严重骨折，但手术成功了！她能活下来！”然后她又哭了。

正常孩子一点都不差劲儿。

第三十二章

又到了星期一，我今天得去上学了。温度降了，太阳闪耀着，像某种结上了霜冻的金色珠宝。可一切都不一样了，都有些不太对劲儿。

妈妈整个周末都在医院里看护佩妮，夜里就在她病房的病床上凑合一宿。自从，嗯，自从一切都改变了，我就一直没看到她。我想知道妈妈是不是生我的气了。

V 阿姨来我家帮我穿好衣服、吃早饭。就连奶油糖好像也很想念佩妮，她把头靠在我膝盖上，用孤独的大眼睛看着我。可我帮不了她。

爸爸的状态一塌糊涂。他老是把手上拿着的东西弄掉，像叉子和钥匙，话说了一半就忘了自己要说什么。胡子也没刮。

“去休息休息，振作起来，查克。”最后 V 阿姨对他说，“洗个热水澡，喝点冰橙汁，对你有好处。你待会儿要去看佩妮，总不想吓到孩子吧？”

“呃，你说得对。”爸爸回答，“你照顾美乐笛吗？”

“我会送她上校车的。快去吧！”

爸爸跳起来，上楼去浴室了。

“佩妮好些了？”我在键盘上敲。

“是啊，哦，是的！我今天早上跟你妈妈通电话，她说佩妮已经拔掉静脉注射管了。那会儿她正在吃苹果泥，抱怨腿上的石膏，还问起嘟豆。我已经把嘟豆洗干净，给她准备好了。佩妮会好的，美乐笛，会好好的。”

我深深吸了一口气。V阿姨用勺子把鸡蛋喂到我嘴里，但我的胃还因为担心而绞拧着。

“她的腿？”我问。

“她的腿打着石膏呢。石膏又大又笨重，把她烦坏了，不过医生说，等她身体再壮实一点，还可以带着石膏到处走呢。”

我很高兴V阿姨总是毫无保留地告诉我真相。

“轮椅？”我简直想不到有什么比丁点儿小的婴儿轮椅更糟糕了。

“不。医生希望她尽可能多活动，四处走走。”

我如释重负地呼出一口气。“脑袋呢？”我问。

V阿姨懂我的意思。“没有脑损伤，美乐笛。一点儿也没有。”

我慢慢呼出气。“你肯定？”我一个字一个字敲。

“绝对肯定。我昨晚亲眼看到她了。她被撞倒时摔到了头，但车子只是撞到她的腿，完全没碰到头。”

这时传来校车喇叭声，于是V阿姨推着我到车道上去。

她检查了我的背包，调整了一下绑着我脚的安全带，然后使劲拥抱了我一下。

“你准备好了吗，美乐笛？准备好面对竞赛队了？”

我点点头。经过这一切，差点就发生的事情，面对一群流鼻涕的五年级学生简直不值一提。

格斯降下校车电梯的时候，满脸关切地看着我。

“你妹妹怎么样了？”他问我，“那件事太可怕了！”

“她会好的。”我敲道，“谢谢你。”

我立刻发现，像这样的坏消息传得快极了。多半学校里所有人也都已经知道了。

格斯把我推进电梯，按按钮把电梯升上去，我对V阿姨挥手道别。去学校的一路上安静得反常——坐特需校车的孩子们平时那些尖叫声和嘟囔声今天一点也听不到。

我们到了学校，外面空气冷飕飕的，所以生活老师直接把我们送到了H-5班。坐定之后，我以不一样的眼光挨个儿打量了一遍这儿的同学们。

弗莱迪，想嗖嗖地开到月球去的小伙子。

阿什丽，我们的时尚模特。

威利，棒球专家。

玛丽亚，从来没有敌人。

葛洛莉亚，音乐爱好者。

卡尔，我们班的美食家。

吉尔，她本来也许跟佩妮一样的。

他们所有人，压根儿就不知道什么叫做刻薄。

而我呢，梦想逃出H-5班的小孩，有一台电脑名叫埃尔薇拉的小孩。现在我甚至不知道，我到底属于哪里。

然后凯瑟琳进来了，穿了一身新衣服，真称得上又可爱又时尚。她穿着黄棕色的宽松长裤、黑色针织衫，还有马甲。

“衣服很棒！”我跟她说。

“谢谢！我自己搭配的哦。”

“我有东西送给你。”我指着书包。

她伸手到书包里翻了一通，找到了那张差点酿成惨剧的贺卡。她打开看了之后，使劲地眨着眼睛忍回眼泪。

“不，美乐笛，要谢谢你！”她俯身过来拥抱我。然后她表情严肃地说：“瓦伦西亚太太给我打了电话，把你妹妹的事全告诉我了。她现在怎样？”

“好些了。”我敲道。

“你知道，很可能是你救了她的命。”凯瑟琳对我说。

“什么？”

“真的。你的尖叫、吵闹让你妈妈慢下来了，让她花时间考虑你为什么那样儿，好像裤子里装了烫土豆似的。”

“没能阻止妈妈。”我在机器上重重地敲击。

“你做得完全正确。我太为你骄傲了。”

“真的？”

“真的，特别是你刚经过机场的事情之后。你想谈谈那件事吗？”

“不。”我敲道，然后转开目光。

玛丽亚来到我的轮椅前，给了我一个大大的拥抱。“你做得好，美莉贝莉，”她说，“真的好。”

我不知道她说的是竞赛队还是别的事，可我给弄得眼泪汪汪，都要流鼻涕了。

我真希望我也能紧紧地拥抱她一下，让她知道她让我觉得好受多了。可我只能敲字儿：“谢谢！”

我一直不清楚弗莱迪对于他身边的世界发生了什么到底了解多少，因此当他冲过来问我的时候，我吃了一惊。他非常兴奋，也许还有些羡慕地问我：“美莉坐飞机嗖嗖嗖？”

“不，弗莱迪，”我打着字，“没有飞机，没有嗖嗖嗖。”

他伤心地把脸皱成一团，然后开着电动轮椅走开了。

接下来，香农老师来了，在我身边蹲下。“过去两天发生了那么多事儿，你的脑袋快爆炸了吧？”

“嘣！”我敲道。可我并不想笑。

“吃午饭时我们谈谈，好吗，美乐笛？”

“好。”

“你要去上融入课吗？”她问。

“是的。”我敲。我整个周末都在想这件事，除了想佩妮的时候之外。我下定决心，不打算躲藏。

“我想让你知道，我为你感到非常骄傲。”她冲我竖起大拇指，然后，我们就开始了早上的日常活动。

结果，今天歌顿老师没来，于是，我要上的第一节融入课就是狄明老师的课。

“你确定想去吗？”凯瑟琳问我。我没回答，直接开动电动轮椅朝狄明老师的教室门口去了。轮椅呼呼地冲进门，凯瑟琳把一只手放在我肩上。

一只小小的黄铜色奖杯放在狄明老师的讲台上。教室里比平时安静。

狄明老师清了清嗓子。他把身体重心从一只脚挪到另一只，手指摸了摸颜色暗淡的白衬衣衣领——他又穿回了以前的棕色旧西装，还有旧皮鞋。

最后，他开口说：“你好，美乐笛！”他的声音听起来故作欢快。

我没有回答。

他扭得厉害，看起来简直像急着要去上厕所。我只看着他，既没踢腿，也没发出奇怪的声音。我平静得惊人。

我瞟了一眼罗丝，但她眼望着别处。似乎没人知道该说什么。

最后我打破了寂静。我把机器的音量开得很大，然后敲出：“你们那时为什么扔下我？”

真该有人在那儿用摄影机拍下当时的情景，证明没错，五年级的教室竟然能有那么一刻绝对完全的安静。

一张面孔看向另一张面孔，每个人都希望别人开口说话。

最终，罗丝站起来。她径直看着我，说：“我们没有打算扔下你，美乐笛。我说真的。”

我一动不动地盯着她的眼睛，等着。

我完全不做回应，只是等着。

她继续说：“那天早上，我们都早早出去吃早餐……”

我打断了她。“没人告诉我这件事。为什么？”

谁也没回答。他们的沉默说出了语言说不出的答案：我不在更好。

我使劲地眨着眼睛。

最后克莱尔结结巴巴地说：“我们觉得，有你在，我们行动会慢下来，因为你吃饭得要人喂什么的。”

四周鸦雀无声，我发誓我能听见自己的心跳声。

“你吐了。也没人扔下你。”

“哦，生气了！”我听到罗德尼小声说。

克莱尔盯着自己的课桌。

“谁占了我的位置？”

克莱尔轻轻地举起手，但她不看我。

罗丝一直在擦历史书上的一个小点。“我们早饭吃得特别快，因为我们都很兴奋，所以我们很早就到了机场。”

然后康纳站了起来，他看起来很不舒服。“后来，我们到了机场，他们告诉我们中午的航班刚被取消，不过我们如果动作快点，可以赶上早一点的一班飞机。”

接下来莫莉说：“于是我们飞快地检查了行李，然后飞奔——我是说，跑得像田径运动员一样快，包括狄明老师，我们飞奔到登机口，赶上了那班飞机。”

“没人想起我吗？”我问。

又一次鸦雀无声。

最后，艾琳娜说：“我想到你了。我是第一个登机的，我把登机牌给工作人员的时候，就提醒了狄明老师，你还没来。”

狄明老师又一次从一只脚扭到另一只脚。“我当时太忙了——清点人数、检查座位安排、处理每个人的随身行李——所以我让孩子们往你家打电话。我知道，至少罗丝的手机里有你的电话号码。”

所有人的视线都投向罗丝。她看着地板，然后慢慢地抬起眼睛看着我，一滴眼泪顺着她的脸颊流下来。“无论如何你都不可能那么快赶到机场的。我……我拿出手机给你打电话，刚打开翻盖，然后我看了看队里的其他人。”她停了下来。

我可以想象他们站在那儿，想着有可能上《早安美国》的机会，还有那个巨大的奖杯……还有我。

罗丝用微不可闻的声音继续说："我们互相看着彼此。每个人都微微摇了摇头——不。"

他们所有人？我打了个寒战。

罗丝吸了吸鼻子，最后小声说："于是我关了电话，我们上了飞机。我……我始终没打那个电话。"

为什么寂静的声音竟这么震耳欲聋？

狄明老师最后轻声说："我非常抱歉，美乐笛。真的很抱歉。"

罗丝哇地一下哭了起来，把头埋在桌上。

"就在决赛之前，"莫莉说，"有个《华盛顿邮报》的记者来采访我们队。可他发现你不在，就走了。"

然后，康纳走到教室前面来，拿起那个第九名的奖杯，把它送到我面前。他舔了舔嘴唇，结结巴巴地说："呃，我们队，想把这个送给你，美乐笛。多少算是补偿吧。"

那东西很小，用廉价的塑料做的，外面涂得看上去像金属。面板上学校的名字甚至还拼错了。

我看着那个丑陋的小奖杯，开始咯咯笑，然后大笑起来。最后，我简直笑得肚子疼。我的手猛地伸了出去，碰倒了奖杯——我都不知道是不是意外——它掉到地上，摔成了好几块。

全班同学都惊诧地看着我。发现我没打算对他们大发雷霆之后，他们终于也开始笑了——声音不大。连罗丝也抽噎着笑了。

“我不想要！”最后我打出这么几个字，然后，我把音量开到最大，补充道，“你们应得的！”

我还继续笑着，打开了轮椅电源，干净利落地转了个弯，开出教室大门。

第三十三章

对许多孩子来说，五年级或许是烦恼多多、问题多多的一年。家庭作业。永远怀疑自己是不是够酷。衣服。家长。想玩玩具，但同时也想长大成人。腋下恼人的气味。

我猜我也有这些烦恼，此外还有一万种别的事情要操心。让别人明白我的想法。担心我看上去怎么样。与人相处。会有男孩子喜欢我吗？也许说到底，我和别人并没有多少不同。

就好像有人给我了一堆拼图，却没有盒子上的图画做参照，于是我根本不知道最后拼出来的成品应该是个什么样。我甚至不知道我手头的拼图零片全不全。这个比喻可能不太好，因为不管想不想，我都没法子拼好拼图。在学校，大部分问题我都知道答案，可即便如此，还是有很多事情令我困惑。

佩妮从医院回家了，带回了一身淤伤、一腿石膏，还有一顶新的小红帽。嘟豆又回到了她怀里。他们简直要把她溺爱死了，但我一点不介意。就连奶油糖也把佩妮当成了受伤的小狗仔一样，把自己最喜欢的绒毛玩具都一股脑儿叼到佩妮的房间，好像在送她礼物。

今天，我开始做歌顿老师布置的作业——写自传。V阿姨把埃尔薇拉连接到大电脑上，古典音乐从她新买的iPod里轻柔地流泻出来。我听到了温柔的紫色。

这要花上一段时间。我的头脑里塞满了那么多东西。我有很多话想说，但只有一个大拇指能把它们说出来。

我猜，我要从头开始讲……

词语。

成百上千的词语包围着我。也许成千上万。

教堂，蛋黄酱，石榴，

密西西比，那不勒斯人，河马，

丝滑，可怕，变幻斑斓，

呵痒痒，打喷嚏，愿望，担忧，

……

词语总围着我打转，像雪花——每一片都精致娇嫩、与众不同，我的手还没有碰，就开始融化了。

在我内心深处，词语积成巨大的一堆又一堆。积成高山。

全是词语、句子、互相关联的想法、诙谐的措辞、笑话、情歌。

从我很小的时候起——大概几个月大吧——我就觉得词语像甜丝丝的流动的礼物，我把它们当成柠檬水喝下去，简直能尝出滋味。词语让我乱糟糟的念头和感觉有了实质。爸妈总是用谈话把我包裹起来，像毯子一样。有时他们窃窃私语、喋喋不休；有时他们说得大声又清楚。爸爸对我唱歌。妈妈把坚强的气息吐露到我耳中。

爸妈对我说的每个字，关于我的每个词，我都吸收到身体里，牢牢记住，一个不落。

我不知道用词语表达想法的复杂过程我是怎么弄清的，反正自然而然就知道了，而且很快。到两岁的时候，我所有的记忆都有词语，所有的词语都有意义。

但这一切都只在我脑海里。

我从来没有开口说过一个字。而我快十一岁了。

……

人们常常问我："是什么启发了你，让你写出了这本书？"我回答："所有的好故事，都来自我们心底最深刻的经验。"但故事的真实出处，往往连作者本人都不敢去发掘。我猜想美乐笛这个人物，来自我自己抚养有发展障碍的儿童的经验。但美乐笛不是我的女儿，她来自纯粹的想象——来自爱与理解的糅合的一个独特的小姑娘。她坚强、执着、聪明、有想法，却没有人知道。从没有设残疾人入口的建筑物，到面对那些讥笑她的同学，她一点点找到了自己从前并未发现的内在力量。

我希望小女孩美乐笛被大家接受，作为一个有独立个性的人，而不是作为残障者的代表。

美乐笛是对所有正在努力挣扎的、家有残障儿童的父母，对所有不被理解的孩子，对所有曾真心帮助过他们的人的礼赞。

这本书也写给那些转过头去假装什么也没有看见的人们，写给那些面对有困难的人士不知道该说什么的人们。其实只需要微笑，说一声：你好！

——莎朗·德蕾珀

我怀着深深的感谢，在此对那些投身于特殊需要儿童工作的了不起的人们表示敬意。

我想特别感谢以下机构里那些充满爱心和耐心的看护人员：回声湖疗养院、雷诺德智力迟缓儿童护理之家、露茜·埃德尔残障护理中心、欢乐营儿童成就中心、垫脚石特殊夏令营、艾琳夏令营、鲍比·费尔法克斯小学和罗丝罗恩·康顿小学（尤其要感谢戴芬妮·罗宾逊）。

我还要感谢我的朋友凯伦·布兰特利，她真的理解我所写的一切！

最后特别感谢本书英文版的编辑凯特琳·德卢西，感谢她出色的能力、开阔的视野，还有那支绿色的编辑笔！

——莎朗·德蕾珀